U0845393

有趣的朋友，
可以陪你走过最艰难的岁月，
当你一无所有的时候，
这就是你的
底牌。

Flowers

专心做好一件事，

面包就会来，荣誉也会来，

该给你的礼物

命运一样都不会 忘记 。

快乐的人，都有温润的趣味

国馆 / 著

青岛出版社
QINGDAO PUBLISHING HOUSE

借过的多了，

路也就越来越宽、越来越长。

自序

对一个国家、一个民族来说，最值得骄傲的是所拥有的文化；对一个人来说，最值得骄傲的则应该是肚子里的知识。

这并不是说物质财富不重要，而是相对而言，物质的东西实现起来比较容易。美国从建国到现在，不过200多年的历史，却是当今世界第一经济大国；日本只是一个资源匮乏的弹丸小国，二战后满目疮痍，百废待兴，却在短短数十年时间里就发展成为世界第二大经济实体，直到前不久才被中国从总量上超过。

然而，文化的发展、积淀和传承，却没有这么容易。

我们经常很骄傲地说中华民族有上下五千年的历史文化。这确实是值得我们骄傲的事情，历史也充分证明了这一点。在非常漫长的历史长河中，中国能够以世界上四大文明古国之一的地位雄踞世界东方，这和我们的历史文明是分不开的。

然而，我们非常不幸，经历了近代百年的屈辱史。在这段历史中，我们不仅从精神上受到了长时间的奴役，物质财富也受到了极大的剥削和破坏。中华人过了一百多年的穷日子，穷得很多人没有了安全感，一个大国应有的底气和精气神似乎也没有了。

因此，在改革开放几十年里，中国人有机会去创造更多物质财富的时候，很多人变得迫不及待，恨不得把所有的时间和精力都投入到创造物质财富中去，甚至有人走上了急功近利的极端——因为我们太害怕又回到那个穷困的时代了。

我们民族的灵魂，我们为之骄傲的悠久的文化，被束之高阁、被遗忘了。

世间一久，我们发现片面追求物质财富给我们带来了无法回避的问题——我们变得浮躁、迷茫、缺乏安全感。我们需要找回我们骨子里应该有的文化、精气神，那是我们中华民族应该具备的一种气质。

其实大家都意识到了这一点，越来越多的人开始重视中国的文化建设与复兴。

但是，目前还没有一家纯做文化做得特别好的企业。于是，我们创建国馆的时候，提了一个“为中国文化代言”的口号。可能在有些人看来这个口号有些大，也有些虚，但我们正在努力，希望通过一些和我们生活息息相关的东西，以一种既容易接受又容易懂的方式，将文化传递给我们的读者。

我们选择了微信公众号这样一个大众化的平台。在越来越多的文章推送出来之后，很多读者觉得看得不过瘾，建议我们集结成册。于是，就有了这本书。这只是一个开始，后续还会有更多。

创建国馆也好，现在出书也罢，就如我们另外一个口号：“用文化温暖人心。”

我和我的团队都坚信，这是一件值得我们坚持的、非常了不起的事情，也许永远没有彼岸，但是我们定会无限可能向着彼岸靠拢。

在这里，要特别感谢和我一起奋斗的国馆团队，还有一直热爱中国文化的馆友们，大家的陪伴给了我坚持走下去最坚定的信心。

过去也好，现在也好，将来也罢，如果我们有点成绩的话，那一定是属于大家共同的。

我们希望若干年后，大家找回我们的文化、真正实现文化复兴的时候，有人会想起我们，想起国馆的努力。

彭永健

2016年11月1日

目录

第一章
有趣，是对你的最高评价

第二章
做个体面的普通人

第三章

生活，而不只是活着

第五章
不慌张的能力

目录

第一章

有趣，是对你的最高评价

嫁给王子

不是唯一一个

可以让你变成

公主的方法。

有趣，是对你的最高评价

容颜、激情都会被岁月损耗，一颗光风霁月的心，却能永远发光。

——国馆君按

王小波说：“一辈子很长，要跟有趣的人在一起过。”

不一定非得是博古通今、谈笑风生，但至少要有点幽默、热爱生活。

粗茶淡饭不要紧，朋友散场没关系，和有趣的人一起，一壶清茶、一盏小酒，可饮风霜，可温喉。

有趣，是艰难岁月里的底牌

苏轼趁着月色欣然起程，夜半去承天寺找张怀民看月色，看积水。数十字写得有滋有味，绝想不到他俩刚刚经历了被审问的折磨，流放于此，正是人生的最低谷。

有趣的朋友，可以陪你走过最艰难的岁月，当你一无所有的时候，这就是你的底牌。

友情如此，爱情也是如此。

钱锺书的《围城》里写过，青年夫妇若蜜月旅行一个月回来仍没有彼此厌恶，保证不会离婚。一个月的旅途颠簸，缺点一览无遗，若是无聊乏味的伴侣，必然将生活推向庸俗索然。

钱锺书与杨绛，相守走过无数动荡岁月，他们的文字有趣，想必生活里亦有趣味，才能白头到老。

容颜、激情都被会岁月损耗，一颗光风霁月的心，却依然能发光。

哗众取宠的时代，更需要一点温润的趣味

早有人吐槽，现在随便去家咖啡厅，都能听到有人在谈论创业、投资、电子商务……要么就是明星八卦、真人秀、新款时装……

信息爆炸的时代，人们却总是在谈论相同的事。互联网让我们更容易接触到新鲜的资讯，却也让我们变得越来越无趣。

这个时代，有趣的人越发珍贵。“策神”汪涵就写过一本有趣的书——《有味》。

一般主持人写书，大多是写自己打拼的励志故事，或者讲讲自己的为人处世之道，但这本书里，汪涵却只字不提自己的工作、成就，他写的是木匠、墨工、折扇坊、油布伞、竹林、河流……那些“人生真正的好东西、好味道”。

除了那个台上幽默、搞笑的娱乐主持人，我们还看到一个洒脱不羁的烟火神仙。

那些温润的文字，显然比哗众取宠的炒作更让人动容。当我们越

来越容易陷于浮躁、忙碌、算计时，更需要这一点趣味。

有趣，是对一个人的至高评价

有人说，对一个人的至高评价是“有意思”。

事实上，许多名人在文章里谈到某个人的时候，最喜欢说的也无外乎“这是一个很有意思、很精彩的人”。一个人的能力、财富、外貌都只是他自己的，但他的趣味却能分享给他人，带来新的视角、新的灵感。

人与人之间的交往，美妙之处就在于这一点火花的碰撞。

网上有句调侃：“许多人25岁就已经死了，只是到了75岁才埋。”仔细一想，说的无非是毫无趣味的人，年轻的朝气消失后，只剩下自怨自艾。

趣味，是对生活的不妥协。生活，哪怕是艰难时世，说到底还是柴米油盐，但永远愿意探索多一点，打开内心多一点，就不会故步自封。

《菜根谭》有云：“读书穷理，以识趣为先。”这个识趣，是认识趣味的意思。

琴棋书画、山川云物，不识趣的人只能看个热闹，识趣的人却可以从中得到滋养。我们早早接受了读书功利的目的，却总忘了这能让我们保持对世界的敏感与好奇。

若没有趣味，走遍山川湖海又能如何？最好的生活家，是能从自家的后院里，发现世上最好的风景。

仪式感，
是最高段位的精致

怀着敷衍了事的态度，

怎么会拥有趣意盎然的人生。

——国馆君按

如果去西藏，你会看到朝圣的人，五体投地、双手直伸，起身后走到双手划地处，再次匍匐。

信徒们认为在一生中，至少要磕十万次头，才算虔诚。每一次朝圣，叩拜者的手掌和膝盖都会磨出鲜血，但他们的神情，却无比喜悦。

这是他们最重要的仪式，用身体丈量大地，在内心求得喜悦和信念。

有人觉得仪式有没有都一样，但看过这些朝圣者，你会知道，没有仪式感的人生，往往也是缺乏信念和格调的人生。

敷衍生活，生活必将报之以空白

有位作家回忆自己幼时，虽然家贫，但每餐饭后都有藕片，原来是母亲固执地认为人必须每天吃水果，于是她为农民洗衣服去换藕。

那盘藕，成了他人生中的某种仪式，并因此让他感觉自己的母亲与他人有所不同。

大多数人的生活，都是平淡无奇的。但如果任由自己的生活在柴米油盐里日渐平庸琐碎，就太不懂人生了。

仪式感，是即使身处淤泥之中，依然虔诚地膜拜生活，如同朝圣。

我们曾经是多么有仪式感的民族，读一段《红楼梦》，我们就能看到那个时代的种种郑重。如今我们的许多仪式，大多删繁就简，吃个粽子、月饼，就算过节。

对在生活中的许多时刻选择敷衍的人，生活也只会报之以无趣和琐碎。

仪式感，是诗意，更是信念

如今有许多人回忆民国时的人和事，觉得那是一个黄金时代，大师辈出、传说无数，每个人都活得庄重自持，有分寸感。

王家卫拍的《一代宗师》，让每个人都记住了那个充满仪式感的女子——宫二。

为父报仇，她发誓终身不嫁、不留后、不传艺，她退掉婚约、断发奉道。多年后，她来到香港见到叶问，有人劝她，到了香港什么规矩都不成规矩了，奉道这事没人知道，难得叶先生一门心思，何必这样为难自己。

她说，天知道地知道，开弓没有回头箭，别人可以没规矩，咱们有。

直到她死后，有人将她剪下头发烧成的灰给叶问，叶问才明白她。

仪式感，不只是生活的情趣，更是内心的坚持。偶尔违背承诺、出言不逊、敷衍他人……其实又有什么关系呢？这是现在的人的想法。即使画过押、立过誓、交换过戒指……我们也对仪式本身抱着越来越随意的态度。

但对生活每个细节都严格自控、将一举一动都当作修行的人，内心一定有某种信念。

仪式感，是最高段位的精致

日本也是一个仪式感强的国度，有人说日本人的仪式感，在于演得像。

比如喝酒不用喝醉，最好喝两杯，有微醺的样子；比如赏樱花，即使今年和去年相似，也要表露出感动的样子。

这种演得像，并不是因为做作，而是完全不做表示，会辜负了此时此刻的人与物。

“春有百花秋有月，夏有凉风冬有雪”，日本人的仪式感，也是传承自中国，诗人们从风花雪月里领悟美与哀愁，圣人们从山川湖海里领悟宇宙之道，古人赋予四时万物各种仪式，这是对生活真正的领悟。

不要再抱怨自己的生活无趣，先认真对待眼下的这一餐，认真准备下一个纪念日。没必要要求每一个时刻都庄重肃穆，但要让每个值得被纪念的时刻，有趣、郑重、全心投入。

有仪式感的人生，才能拥有更高级的美感。

挣钱之前，先看看你值多少钱

最会挣钱的人，

是最不着急挣钱的人。

——国馆君按

有的人学历赚够了，工作时发现能力不够，加班到吐血工资还是不够花。一个念头不可避免地涌现出来：还不如早点出来挣钱。

可是早工作几年的人，也没发现自己的存款多到哪里去。

越挣钱，越缺钱。越缺钱，越要挣钱。

无可救药的死循环。

但好像还没有人讨论过这样一个诡异的逻辑：我们缺钱，也许不是因为挣得太少了，而是挣得太快了。

挣钱之前，先想好自己凭什么挣钱

往往挣得很快的，都是小钱，即使出卖的是脑力，也是低级的脑力。人很容易被这样的逻辑麻醉：从底层做起，自己的价值就会越滚越大，最后等前途和钱途变现。

这样的想法，大导演李安第一个不同意。

从纽约大学毕业后，李安没有找到导演的工作。此时摆在他面前的难题是：他该不该学其他同学，先做剪辑、剧务，养活了自己和家人，再伺机重执导筒？

并不行。他看到的是那些转行做其他工作的人，很难再做回导演了。于是他一直在磨。磨自己的专业技能，磨自己的坚韧意志。

倚天剑遇到屠龙刀才能擦出火花，李安碰上电影才能催生火花。他不出手则已，一出手就是传奇。而现在他已经是华人导演中片酬第一人了。

钱不必急着挣，想清楚自己这一辈子到底是为什么而活才是最要紧的。

不仅要做个挣钱的人，还要做个值钱的人

论挣钱挣得早，演过赫敏的艾玛·沃特森算是鼻祖。她11岁开始挣钱，一部《哈利·波特与魔法石》大概已经让她见识到钱的威力。

乘着《哈利·波特》攒下的巨大人气，她甚至得到了哈里王子的垂爱。谁知道这位姑娘这样回应：嫁给王子不是唯一一个可以让你变成公主的方法。

公主不是天生的，是她自己变成的。拍电影期间，她坚持学业，最后凭全优成绩拿到了剑桥、牛津和美国布朗大学的录取通知书。上大学时，她拒绝了许多电影片约，只为做一个正常学生。

因为关心女权运动，她被选为联合国妇女署亲善大使，在联合国发表演说，引发社交网络达12亿次的讨论量。

你挣多少钱，当然是你价值的一部分，但一个人价值更大的部

分，应该体现在无法用钱衡量的地方，要不然，这个人也就穷得只剩下钱了。

待千金散尽，人们记住的是你带给世界的改变

孔子说："君子爱财，取之有道。"岁月流逝，当曾经的风流富贵烟消云散后，人们记住的是他们曾经追求过的"道"。

比尔·盖茨和乔布斯将被写入历史，不是因为他们创造过的巨额财富，而是因为微软操作系统和创新的手机体验。

比乔布斯他们更逆天的是马斯克。也许你还不知道他的名字，但他做过的每件事都能改写历史：创立的SpaceX成为全球首个发射火箭的企业，还计划让100万人殖民火星；创立Tesla，这是一家电动汽车公司；发明超级高铁，使得高铁速度接近音速，未来甚至能够超越飞机……

他好像对赚钱没什么执着，因为他每次赚下的钱，马上就投入到下一次更大野心的创造中去了。

和乔布斯一样，马斯克脑海里只有一件事：改变未来。

有句话叫"取乎上者得其中，取乎中者得其下"。只懂追逐财富的人，终究只会匍匐在财富的脚下；追求超越财富的价值，财富反而会追逐他，最后成就巨富。

也许，当你再次抱怨自己挣钱不够的时候，你应该先问问自己：

我是不是一个值钱的人？

所谓的教养，就是不让人难堪

大千世界，万般人物，既然要在世间生活，便总逃不过这教养二字。

——国馆君按

小时候看武侠片，总想成为那个真性情的人，大块吃肉，大口喝酒，对坏人不假颜色，对当权者不卑躬屈膝，多畅快。

那些风度翩翩的反派，外表道貌岸然，骨子里却都是阴谋诡计，多讨厌。

但最后，我们谁也没有成为令狐冲。我们也学着收起情绪，保持微笑，难免忍气吞声，却也没有什么阴谋诡计要对付。

生活不是江湖，我们才发现，不让人难堪的教养，比直来直往的真性情更难。

有个“大V”讲他第一次见李嘉诚的情景，在他的想象里，这样的商业大鳄，必定会姗姗来迟，待众人鼓掌完毕，再来一番演讲。

但真实的场景却是，大哥亲自站在电梯口，与每一位来客握手，递上名片。餐桌的座次也没有刻意划分，而是抓阄决定，他自己则在每张桌子坐15分钟。

告别时，他又逐一与大家握手，包括墙角站着的服务员都没有漏掉。

在中国，饭局最能考验一个人的修养。十数人的聚会，每一句话都能照顾到所有人，不让任何人被冷落，也难怪李嘉诚有如此成就。

战争年代，我们千方百计地让敌人不舒服，而和平年代，你让别人舒服的程度，决定着你成功的程度。

教养的最高境界，是让人舒服，而教养最直接的体现，便是不让人难堪。

有些人以直率自居，其实不过是没教养。

作家杨奇函就写了这样一个小故事：

微信群里，大家吐槽，为什么这个社会那么虚伪？为什么不崇尚说真话？最鄙视那些有话不直接说的人了，不真诚。

这个时候有人说，你们这帮脑残。其他人怒了，你怎么骂人呢？

对方说，我觉得你们是脑残，我就说了，那你们觉得我是真诚，还是没教养？

一个人的教养如何，不取决于自己，而取决于他人的评价，只是遵从了自己的内心，却从不考虑他人的感受，难道不是自私的表现吗？

真性情只留给必须真性情的时候，时刻把他人的感受放在心上，才是为人处世之道。

不让人难堪，看似简单，却难免不小心伤害他人。

一个人的教养，全在细节处：

1. 把你说的“不对”通通改成“对”。不要轻易否定他人，先肯定对方的观点，再给出不同的见解。

2. 你可以偶尔和朋友开个玩笑，但绝不可拿他喜欢的东西开玩笑。

3. 初次见面，一定要努力记住别人的名字。很多人说自己记不住别人的名字，其实你不是记不住，而是不在意。

4. 你再愤怒，也不能说伤害对方自尊的话。越熟悉的人，反而越了解对方的死穴，但不要因为熟悉而伤害别人。

5. 看破，但不点破，给别人留一点余地。发现对方说错话或者说谎，不要当面拆穿。别人背了山寨包来炫耀，没有必要当面戳破。

这些事都不难，难的是面面俱到。用智慧去理解他人心意，用真诚与善良之心与他人交往，这便是教养。

很多人觉得，时时保持高修养的人，很虚伪。

但是如果对方的修养让你感到的只是距离感，而不是一种温暖的话，那也不是真的高修养。

白居易说待人接物之道，无非是“以心度心，以身观身”，自己想被重视，就得先重视他人。

真正有教养的人，会很宽厚、很真诚，因为他们想人之所想。他们能记住每个人的名字，用心对待每一个人，发现你的闪光点并加以称赞。

有人会说这些人有什么了不起？没实力，只会投机取巧，搞人际关系。

我们生活中遇到的许多人，都对旁人漠不关心，懒于和不熟悉的人打交道，也极少称赞他人。懒惰冷漠的人，有什么资格评判努力生活的人呢？

好的教养绝不是虚伪，也不是投机取巧，智商是硬实力，教养却是软实力——

你说话让人舒服的程度，决定你能抵达的高度。

谈淡泊名利
之前，你总得有名利啊

不是大富大贵，不要谈淡泊名利；不是交友广阔，不要说世上难有知心人。在什么年纪就做什么事情，才是踏实人的作风。

——国馆君按

本来，贾宝玉也是个蛮让人羡慕的少年。

不爱读书，他可以大闹学堂；家里女孩子多，他可以纵情恋爱。混世魔王、多情公子，用在一个十几岁的叛逆少年身上，也是戏谑大于贬义。

可是问题就在于：贾宝玉贪玩之余，还要谈修行。

他喜欢看庄子是出了名的，为此还写过一首偈语和一首词，其中就有“无可云证，是立足证”“从前碌碌却因何，到如今回头试想真无趣”等句。真是彻悟。

甚至在该负起家庭责任的时候，贾宝玉却跑去出家，丢下了生他养他、等着他维持的大家庭。

贾宝玉乃至整个《红楼梦》的悲剧都在这里。

修行不是十五六岁孩子的事。在某个年龄用错误的打开方式，只能导致人生的悲剧。

今时今日，我们通过朋友圈懂得了很多人生真理。

明明还没有看过世界，我们就已经懂得“人生最曼妙的风景，是内心的淡定与从容”；还没有享受过车马衣裘的生活，就开始追求“采菊东篱下，悠然见南山”的隐逸；明明没有多少朋友，还在死撑着说“孤独是我人生的底色”……

在该奋斗的年纪谈淡泊，在该呼朋唤友的时候谈孤独，在该挣钱的时候鼓吹精神至上，相当于在该喝中药的时候还在喝鸡汤，只能虚不受补，为懒惰地逃避世界找个理由。

《红楼梦》里面，其实就有个很好的表率。

这个人就是贾宝玉的老爹——贾政。

贾政，一个庸碌之徒，很多人讨厌他。七十八回的时候，小说透露了贾政起初也是个“诗酒放诞之人”。也就是说，在贾宝玉的年纪，贾政没准儿比他儿子还疯。

但他是个头脑清醒的人。在贾家子侄普遍如此放浪的时候，他“少不得归以正路”，受了主事之衔，更是一路升为员外郎。贾家之败，本就不可阻挡，但他至少延迟了这个悲剧的到来。

他打宝玉，有错吗？读者虽然觉得心疼，但也没说打得不对。该教儿子的时候不教，结果会怎样？贾宝玉就会变成贾环，更加不堪。

游览大观园，见到农家样式的稻香村，贾政不禁说“未免勾引起我归农之意”。他也有淡泊归隐的心，可是对家庭的责任未完，宝玉还不能挑大梁，他不能随便撂挑子。

不着边际的话，谁都可以说。但勇于承担起当下的生活，才是真正懂生活的人。

收起你在鸡汤里学过的人生真谛，在该恋爱的年纪谈场轰轰烈烈的恋爱，在该奋斗的年纪拼他个昏天黑地，在该歇息的时候休养生息，方才不负美好的韶光。

在谈淡泊名利之前，你总得有点名利吧？

真正的成熟，是自有分寸

人生最难掌握的两个字，是“分寸”。

——国馆君按

没有分寸感的人，神憎鬼厌

张爱玲有个好朋友叫炎樱，在香港和上海两地求学时，两人同睡一处、相互扶持，简直好得像孪生姐妹一样。

然而，两人的友谊最终还是破裂了。而原因就是炎樱不懂分寸地处处摆出高姿态。

在日本，炎樱在信里夸耀自己“凭着自己的蹩脚日文而做了几十亿的生意”；在美国，张爱玲孀居多年，炎樱居然写信夸耀自己的婚姻生活。

在日本、在美国，张爱玲饱经风霜、身心疲惫。炎樱不识时务地处处炫耀自己的幸福，无疑会刺痛生活不如意的张爱玲。

分寸感的本质，是守好自己的本位

如果炎樱和张爱玲是亲人，炎樱也许会得到张爱玲的衷心祝福。

但她们只是朋友。尤其是在张爱玲最需要安慰的时候，炎樱失去了作为朋友该有的道义，仍然在自说自话。

这就是没分寸。

同样的道理，我们也能理解为什么今年的美国总统候选人——特朗普如此让人讨厌。

作为一个总统候选人，他说出的话不像一个将要做美国总统的人该说的话。

他说“墨西哥人都是强奸犯”，还多次人身攻击其他参选人并侮辱女性。

所以共和党大佬们纷纷表示即使投票给民主党也不会让他当选。

古代高僧支道林有句话叫“各安其分，各尽其性”，只有知道自己的定位，不逾越本分，才能将自己生命的力量尽情尽兴地挥洒。

融入生活才能左右逢源

分寸的拿捏是从生活中历练出来的。只有善于察言观色的人，才能掌握恰当的火候。

刘姥姥进荣国府，堪称是知分寸的教科书式表演。她只是贾家的远房穷亲戚，因此在荣国府中，她或是言语谦卑，奉承贾家；或是步步留神，连坐都不好意思。

二进荣国府的时候，本来她要讲个冬天偷柴火的笑话，可是贾府内突然失火，她马上换了话题，免得让人觉得“哪壶不开提哪壶”。

刘姥姥观察到贾母对宝玉的宠爱，马上就想了一个观音送孙子的故事，“连王夫人也都听住了”。

有人说，在社会中摸爬滚打得够久，你才会知道你是谁，然后知道在别人心中你是谁，最后你才能决定你可以做什么、说什么。

没有分寸感的人，在社会生活中一定吃不开。

要么闭嘴，要么放低自己

如果拿捏不准自己的分寸，最好先闭嘴。言多必失，如果不得已要发表意见，也只在别人要求你说话的时候说话。

设身处地，善解人意。分寸是一把尺，度人的同时也度自己。在思考该干什么的时候，想想别人这么对你的时候你能不能受得了。

像主持人马东，编剧史航对他的评价就是“精确与分寸”。马东自称不会说话，而更愿意做提问者。在采访的时候一向以“咱们是什么主题和方向”开始，他可以由此找到关键词把控采访的走向与尺度。

所有的关系，都不宜过分亲密。甚至对自己的父母孩子。每个个体都需要隐私，每种关系都需要一点距离感。只有控制狂才会掘地三尺，就为了知道对方的一个小秘密。

不随便评论他人，对事不对人。事情有对错，做事的人无所谓对错。对事情不遗余力地剖析，对人留有三分余地地批评和赞美，才是真正的反思方式。

真正掌握分寸感的方法，也许需要你自己去体验。但千万种方法，最终都只是指向一个问题——你和他人怎样才能达到大家都舒服的状态。

真正的
自信，与别人无关

真正自信的人只会关注内心的信念，忽略与旁人的比较。

八字以蔽之：心中有数，目中无人。

——国馆君按

自信这个词，明明说的是自己的确信，可是我们总是对比别人来确定自己。

对比他人得来的自信，最终耗死了自己

皇帝按理说应该是全天下最自信的人，可还是看不透这样的比拼。

《汉武大帝》里面有个意味深长的情节：汉景帝和弟弟梁王不和，景帝在狩猎之前，身体已经很虚弱。他边喝中药边对王美人说：

“朕为什么每天咬着牙喝这个药？就是不想死在他的前头，看谁耗得过谁。”

为了显示自己体魄强悍，景帝狩猎时故意表现得很神勇。明明一年多没有来猎场了，偏偏要说每个月总爱来上一两次。当弟弟背对着他感慨生命时，他才略带疲惫地擦去汗水。

汉景帝赢了梁王，但他自己的病情却也日渐加重。表面上看，他

有威势，有皇者的自信，实质上，他何尝不是个自卑的可怜人？

变味的自信，其实是“他信”

作家蒋勋曾经感叹：“人有时候很奇怪，会依靠外在的东西，让自己有信心。”套用鲁迅先生创造过的一个词，这种自信其实是“他信力”。

相信他人相信的价值，努力往他人的标准上靠。靠得上的，这一辈子也就这样过了；靠不上的，空自焦虑苦恼。

于是，除了物质上的相互比拼、厮杀，连精神上的东西也要拿来比：最近谁看的书多，书的作者有没有名气，内容接不接地气？

我们拿得出来的，都是别人眼里看着很光鲜的东西。相当于招待他人，我们拿出了最珍藏的宝贝；而留给自己的，只是一些破烂玩意儿。

一切都是围绕着他人转，一旦失去了与他人对比的机会，我们对生活的信心，还能在何处找到？

自信，是因为内心有独特的风景

其实老子说得还是蛮有道理的：“胜人者有力，自胜者强。”国外的海明威有句话跟他遥相呼应：“优于别人并不高贵，真实的高贵应该是优于过去的自己。”

自信是自己跟自己比较日有进益，因此只是内心的事业。虽然外在身份可能被人瞧不起，但也可以活得很自在。

正如近日在微信上刷屏的日本国宝级清洁员新津春子女士，她做的是那么卑微的工作，可是她居然干得如此卖力：一眼看到污垢，她就能快速分析其原因和组成成分，知道该用什么清洁剂迅速清除，因为她熟知八十多种清洁剂的用法。

她最希望看到的景象，是游客在踏进羽田机场第一句话就说：“哇，好舒服。”

内心有独特的风景，自信自己终有一天能将它实现，即使身处泥尘之中，也能开出高贵的玫瑰花。

独处是生长自信的最佳状态

他人在的时候，你能够拼命变好，那是做给别人看的。你自己一个人的时候，还能抵抗生命的无趣和顽劣吗？

初次看李安的《少年派》，会觉得这只是一部冒险奇幻片。但再看几遍会发现，其实这是一部少年寻找自信的戏。

一开始派也在追寻生命的意义，所以他同时信仰了基督教、伊斯兰教和印度教。但只有当他独自被命运抛入凶顽的大海，只能与残暴的老虎相对时，他才开始怀疑之前的一切外在信仰。通过救生指南求生、在貌似丰足的食人岛也不做停留，他渐渐领悟到：

只有在独处的时候，相信自己能够超越一切苦难，才可能找到真正的自信。

毛泽东有两句残诗：自信人生二百年，会当水击三千里。人能活两百岁，谁相信？

可是就在没有其他人相信的地方，其实才有自信存在的价值。自信的人，是内心真正强大的人。

因为自卑，所以强大

也许自卑的人，情商都有点不够高。

但事实上，自卑的人可以把人生过得很精彩。

——国馆君按

当写下主题词“自卑”的时候，有一个人几乎是不由自主地浮现在国馆君的脑海——周星驰。

是的，这个大名鼎鼎的喜剧演员，是诠释这个词的最佳范例。

即使已经功成名就，可周星驰依然是个沉默寡言、没有多少朋友的人。原因是他“怕丑”（即害羞）。

他生长在单身家庭，小时候觉得最好吃的就是“豉油捞饭”了。长大了要报考TVB，考了两次才考上。好朋友梁朝伟已经红得一塌糊涂的时候，他还在儿童节目里被埋没。

红了之后，他鼓起勇气向张曼玉提出约会。张曼玉冷冷地说：“如果你能用英语跟我聊半小时天，我就跟你约会。”周星驰的心凉了半截。

跟他合作过的演员包贝尔评价说：“总感觉（周星驰）骨子里透着自卑。”

很多人因为家庭出身、教育背景，长时间甚至终身带着自卑的情绪，弗洛伊德说，这叫“压抑”。

有的人被压抑，一辈子抬不起头来，因为他们只把这当作攀比。

有的人被压抑，因此懒于交际，使他们尤其强烈地关注自己，探向自己的内心。

《追忆似水年华》里描写一块蛋糕用了几十页的笔墨，而作者普鲁斯特正是那种内心敏感、体质虚弱、自卑感强烈的文艺青年。用中国古语来说，他们就是那种尤其善于“反躬自省”的人。

自卑的人一般觉得自己并没有天赋，然而自卑恰恰是一种极大的天赋。

与周星驰一样，梁朝伟也是自卑的。因为他的家庭出身也不好，早年生活也很不顺。直到现在，都是做影帝的人了，没事还能宅在家里一声不吭。

然而正是他的自卑成就了他，因为他总能沉下心来揣摩角色。因此，梁朝伟堪称演技之神，因为他演什么就像什么。

自卑的人能把自己放得最小，从而最大程度地反映出别人。这不仅对于演员有用，对于一般人也很有用：把自己退到不那么重要的位置，能够看出别人的好处来，从而取其精华，补己不足。

在古代哲学里，“卑”原本没有主观的贬义，而是自然位置的相对低下。《易经·系辞》第一章就说：“天尊地卑，乾坤定矣。”

没有领略过大地的广袤，不足以欣赏高空的深远。没有经受过深深的自卑，不足以享有持久的自信。

白岩松是农村的孩子，直到上大学的时候还会因为别人问他的来历而感到恐惧。后来他说：“我觉得真正自卑的人最后才能真正变得自信。我已经很久不自卑了，现在我会为太自信而自卑。”

如周国平所说：“谦恭是自信戴着自卑的面具出场。”任何谦恭的人，都一定程度上具备自卑的属性。但他们的自卑不是为了对生活消极，而是张扬着生命的自信。

一个从来不懂自卑的人，凭着可怜的自大，也许可以获得一时成功的甜头，但不会有砥砺前行的持久动力。

自卑而不满，往往是人超越自己的必经之路。

如何避免
不必要的焦虑？

人生而自由，但不可避免地带着焦虑。

其实，适度的焦虑，是人成长与成熟的催化剂。

——国馆君按

焦虑，是因为比不过别人？

“文革”时期，意大利名导演安东尼奥尼来到中国，拍摄了纪录片《中国》。舍弃政治叫嚣，这个外国人却意外地记录下了旧时代中国人的淡定生活。

除政治运动之外，那个年代的中国普通人，为何好像生活得比现在更淡定？

一个重要原因，可能是穷。不是一个人穷，而是全国人都穷。

周围的人跟自己一样穷，好像就没有焦虑的必要了。其实如果现在看看朝鲜，就会发现情况惊人地相似：在这个封闭落后的国家，社会状况却如此稳定。很大的原因，也是大家生活质量完全一样，并不需要羡慕任何有钱人。

现今的中国社会无比有钱，可是也迎来了有史以来最严重的焦虑时代。拼爹、拼妈、拼孩子，所有与自己有关的事，都可以拿来“一较高下”。以前逢年过节才见一面的朋友，如今因为有了手机，变得近在眼前。发达的社交网络，将原本隐藏的炫富心理放大，也挑逗着原本潜藏在人心底的焦虑。

西方哲学家曾有名言：“他人就是地狱。”用最肤浅的话解释，那就是：人比人，气死人。

学习“断舍离”，找回迷失的自己

孔子说，这世界有三种人活得不焦虑：“仁者不忧，知者不惑，勇者不惧。”

在90年代出土的郭店竹简中，“仁”的写法是上面一个身，下面一个心。也就是说，仁的基本含义除了爱人，还要关注自己的身心关系。用灵魂引导身体需要，才堪称仁者。

因此，舍弃不需要的外物羁绊，成了摆脱焦虑的一大法门。

“断舍离”，是日本杂物管理咨询师山下英子提出的简化生活概念。断绝不需要的东西，舍弃多余的废物，脱离对物品的执着。在这方面，也许苹果创始人乔布斯可以给我们带来一点启示。

有人发现，乔帮主在1989年到2010年的各种公开场合，所穿的“战衣”永远是蓝色牛仔裤加圆领黑上衣。

不知道他是一套衣服穿了20年，还是同一款衣服买了1000套，总之，乔帮主永远是气定神闲的。

焦虑应该要有，但只能自己孤独地承受

因为比不上别人而焦虑，是把自己的生活质量交到别人口中去评价。孔子说的“知者”，肯定不会这么蠢。知者之所以不惑，是因为他们知道：真正该焦虑的，是达不到自己心中的理想。

《礼记中庸》里写道：“戒慎乎其所不睹，恐惧乎其所不闻。”在别人不能评价的地方，才是真正需要戒慎恐惧的地方。

真正的焦虑，只在孤独的时候发作。

孤独的救国者，如梁启超，对国是心急如焚，因此将自己的书屋命名为“饮冰室”，象征自己要饮下冰水才能稍微平复焦虑。

孤独的启蒙者，如鲁迅，一生论敌何其多，无论生前还是身后都被无数人误解。先是“呐喊”，继而“彷徨”，杂文的匕首和投枪不仅投向敌人，还投向自己的内心。

焦虑是伟大者的通行证，安逸是平庸者的墓志铭。

为理想而焦虑的人，才能算真正活过一场。

有一种焦虑
叫三十不立

站在同一起跑线的人们，不经意间身价就有了几何倍的差距，这到底是什么决定的？

——国馆君按

二十几岁，大家都在为他人卖命游走于职场，三十几岁，已经有人创业成功身家数亿。

二十几岁，大家的选择都很多，三十几岁，有些别人轻而易举做到的事却让你觉得遥不可及。

三十岁，真是一生中最焦虑的年纪。事业、理想、结婚、生孩子……每一项，都有人把你甩出很远，更让人焦躁的是——你们曾经站在同一条起跑线上。

同样打拼10年，为什么有人年薪100万，有人年薪10万？这种差别什么时候出现的？

有人说，年轻的好处，就是敢犯错、敢挥霍、敢想敢做。

但是真正站到了青春的尾巴上，看着自己开始发福的身体——还有机会重来吗？还能熬多少个夜？还有多少个试错的机会？

孔子说三十而立，那么有一种焦虑就叫三十不立。

回头看去，毕业的这些年，自己干了什么？我们终究会明白，青春不是我们挥霍的资本，而是我们唯一的资本。

低估了青春的价值，自以为时间充足，精力充沛，不着急，不害怕……最终发现自己走到了狭窄的路口。

青春的筹码太贵，别下错注，因为多半翻不了局；别犯错，因为一般回不了头；别走弯路，因为很可能走不回来。

这样的场景你一定很熟悉：

毕业后上班，朝九晚五，工资四五千。公司不大，没有办公室政治，大家都很松散，上班嘻嘻哈哈，快下班了，急急忙忙胡乱攒一攒了事。

你自己虽然每件事都做得很认真，也比同事们努力，但也只是沿袭一贯的标准，很少去挑战自己。

你觉得拿多少钱做多少工作理所当然，却忘了用这几千块钱衡量自己太廉价。你觉得你已经比很多人努力了，却忘了有些人是来混日子的，你并不想成为他们。

二十几岁就只顾眼前利益，吃喝玩乐图清闲，后半辈子油盐酱醋家长里短，等着中年被忙碌、责任、孤独折磨得悲喜交加，又是何苦？

三十而立，是因为青年时可塑性最强，这段时间若不能把握，往后逆袭就难了。

但可惜的是，青年是一个充满陷阱的年代。陷阱一生都会遇到，但青年时代的陷阱最多、最大、最险。以下几点，或许可以让你避开误区：

1. 在最应该吃苦的年纪，吃苦就是赚便宜。许多长辈认为好工作就是“钱多、事少、离家近”，男生当公务员，女生找个好人家，但现在并不是比稳定的年代。

2. 真正的强者从不把时间浪费在人情世故上。真正能够保护你的不是什么背景、关系、抱团，你的理想是什么？实现理想需要什么？把时间花在这些事上。

3. 成长，是敢于跳出自己的舒适区。李娜说过，要做就做出头鸟。只会做那些自己擅长的、熟悉的人，从不敢挑战自己极限的人，如何蜕变？

4. 不要太在意得失因果。功劳被人抢了，努力没被老板看到……对二十几岁的你来说，这些都是小事，重要的是自己的本事、机遇，那些浑水摸鱼的人，过几年你再看他。

5. 尽一切努力提高自己的势能。许多工作都是重复的，区别是平台、资源、人脉、能力的积累，年轻时的薪水一定是廉价的，不要为了一点薪水的差别，而忽视了势能的积累，这些才是你未来爆发的储备。

如果你还没到30岁，请不要随波逐流，像碌碌庸众一样去思考、去判断、去埋怨、去计较。

如果你已经处在焦虑的30岁，幸好，焦虑，并不是一件坏事，不能三十而立，三十立志又如何？还没有成功，就还没有失败。

要相信，你做过的每一件吃力不讨好的事，每一件赤手空拳迎难而上的事，经历的每一次挫折，每一次不能言说的委屈，都会一点点，变成你的成长。

你敢
做一个俗气的人吗？

天下不愁没有雅人和俗人，更不愁没有附庸风雅的人，但是谈高雅之前，你懂世俗吗？

——国馆君按

喝咖啡是高雅的，吃大蒜是俗气的；爵士蓝调是高雅的，凤凰传奇是俗气的；谈情怀谈理想是高雅的，谈钱谈买卖是俗气的……

我们身边一定有这样的人——把自己包装成一个理想主义者，一个品位不俗、气质高雅的人。他们努力让自己脚不沾地，不食人间烟火，更怕沾染上一切俗气的东西。

做这样的人并不难，难的是做一个真实的人。谁不敢有理想呢，可是我们敢俗气吗？

“你的梦想是什么？”

这句话已经成为真人秀节目的常规套路，我们看到一个个怀揣梦想、到处流浪的人站上舞台，觉得自己也受到了鼓舞。我们看到呼号着情怀、诗和远方的创业者改变了行业，觉得自己也生来不凡。

梦想、个性、激情、极致……我们用这些对抗世俗、陈规、日常琐碎、柴米油盐。

但情怀和理想只是表象，我们没看到这背后无数的失败者。

有太多人因为太理想主义而失败，却少有人因为太俗气而失败。

我们太过关注一切梦幻、热烈、理想的体验，反而忽略了生活踏实、平淡、世俗的一面。那些打着情怀旗号的成功者，才不会告诉你他们也曾对人情世故、柴米油盐低过头。

有一个作家，某次签售会上讲了几个无伤大雅的荤段子，回去后发现有粉丝给他留言，说没想到他素质如此低下，是社会的倒退、败类云云。

他反驳说："在成年人的世界，说一说脏话、讲一讲性就是堕落，也太上纲上线了吧。都是一个山上修行的狐狸，谈一谈聊斋就污染了你成仙的道路？"

脏话当然不好，但也有人用它直抒胸臆，有人用它捍卫真实，对抗权威。有些场面话、空话、大话未必就更干净。

谈钱也很俗吧，但却比空洞的理想来得实际，比饥肠辘辘要好，比不能让家人过上更好的生活的愧疚好。

接纳这个俗气的、不完美的世界，真实、真诚地面对自己，这才是最难的。

微博上的延参法师，以卖萌、管闲事闻名，不管是柳岩被闹伴娘还是科比退役，他总是要插一脚，出家人管这些凡尘俗事，自然遭到一些非议。

有一次他发了关于圣诞节的微博，便有粉丝问他："你一个出家人过耶稣的节日，佛祖知道吗？"他答："受众在哪里，我的道场就在哪里。"

真想传扬佛法，不深入红尘怎么行？真想成就一番事业，不沾点俗气怎么行?

老子说“寓清于浊”，柴米油盐、人情世故，任谁都无法避免，与其装作不食人间烟火，不如深入世俗的海洋，先入世，再出世。

应付得了人情世故的往来，才能有理想主义的真知。忍受得了平庸琐碎的日常，才能迎接波澜壮阔的情节。

钱锺书写过一篇《论俗气》，什么是俗气呢?

“下等社会认为美的，中等社会认为俗不可耐，中等社会认为美的，上等社会认为俗不可耐。”以此类推，才有了俗气的标准，俗气，可说是一个阶级对另一个阶级的鄙视。

末了他感慨，天下不愁没有雅人和俗人，更不愁没有附庸风雅且自以为雅的人，“只是没有俗得有勇气的人，甘心呼吸着市井气”，这样的人，是值得敬礼的。

自恃清高，
往往只是缺乏修养

中国自古有许多清高的佳话，但清高却在现代成了贬义词，清高，到底是气节还是装腔？

——国馆君按

许多人读《红楼梦》，金陵十二钗中，唯独讨厌妙玉。

在她面前，黛玉被贬为“大俗人”一个，只因品不出雨水和雪水；刘姥姥用过的成窑五彩茶杯，再金贵也不要了；平日里事事讲究雅俗，不愿沾一点烟火气。

总而言之，就是太“装”了，人人都是凡夫俗子，她偏偏要撇得一干二净，处处秀出优越感来，难怪惹人反感。

曹雪芹给她的判词是“太高人越妒，过洁世同嫌”，太过清高，反而举世都讨厌你。

在古时，“清高”还算褒义词。

许由闻俗语而洗耳，陶渊明不为五斗米折腰，林和靖“梅妻鹤子”隐居孤山……他们不事权贵，趣味高雅，类似的佳话数不胜数。

但到了现在，“清高”反而贬义居多。

若说一个人清高，言下之意，他必定带着为人孤僻、不通人情、自视过高种种毛病。

我们身边一定有这样的人，出身尚可，有点才气，加之年轻气盛，不屑与人闲聊交往，烟酒不动，更别说那些人情往来，但傲气也使他少了些朋友，少了些机遇。

人不可以俗不可耐，但也不要清高自傲。我们大部分人都不是遗世独立的天才，让别人觉得你难以打交道，只能说自身的修养还不够。

再说回妙玉，虽然曹雪芹的判词说的是“过洁世同嫌”，但事实上她的一言一行，讽刺的却是那些假清高的人。

妙玉自以为情趣高雅，但那些点犀杯、绿玉斗等珍玩都是钱堆出来的；不管雨水、雪水，都是陈年水，拿来泡茶并不会更好；她言语里时时不忘标榜自我，反而显出她的“俗”。

综观现实，一些仿佛清高的人，是因为一直丰衣足食不懂人间疾苦；一些仿佛趣味高雅的人，其实只是叶公好龙；那些喜欢标榜自己品位高雅的人，不仅显出他的俗，还会让人讨厌。

为人处世，保留些傲气还不要紧，但是假装品位高雅的人，却既得不到内心的愉悦，也得不到众人的认可。

佛教认为，其实人并没有高低之分、清浊之别，只是因为因缘不同，有不同的悟性和修养。

自恃清高，把别人视为凡夫俗子，本身就是一种无礼。而那些能和三教九流打交道、和谁都能相处的人，反而是悟性高，更显得不凡。

演员陈道明的修养很多人都知道，出身书香门第，饱读诗书，琴棋书画皆通，还与季羡林、钱锺书有交往。生活上他厌恶应酬，滴酒不沾，更从不炒作。

他有足够的资本清高，但我们见到他，永远谦卑儒雅，让任何人都如沐春风。

冯小刚说他是“一个清高到只肯在戏里低头的男人”，在这里，清高又成了褒义——能在戏里放下骄傲，才能在戏外保持气节。清高，如此刚刚好。

什么才是
真正的存在感?

所谓的存在感，不是你有没有出现，而是你的出现有没有价值。

——国馆君按

西方有个叫贝克莱的哲学家曾说过一句话：“存在即被感知。”也就是说，当我们向外界发出信号时，能收到别人的回应，便证明了自己有存在感。

在微信朋友圈里，很多人都希望自己分享的内容能获得点赞，以此获取存在感。然而，当你兴致勃勃地分享出一条内容，却无人回应，难免会觉得失落。

其实，有存在感的人从来不会绞尽脑汁地去博人眼球，而是谦谦有礼地站在自己的圈子里，做自己该做的事，帮能帮的人。

存在感，来自对他人真正的关照

我们身边总是会有这样一群人:

在朋友圈里，他们不放过任何一个朋友的动态，不是点赞就是评论，无非就是为了刷出一种“存在感”，希望别人能够记住自己。但等到别人真正有事找他时，他要么销声匿迹不回复，要么忙得以各种理由推辞……

前段时间网上闹得沸沸扬扬的包贝尔婚礼闹柳岩伴娘事件，当事男星都遭到了不少网友的口诛笔伐，唯有一个不起眼的人物获得了网友大量的“点赞”——她就是贾玲。

在众多装扮华丽的女性当中，她并不出挑，但在关键时刻，她察觉到了事态的恶化趋势，机智巧妙地替柳岩解围，化解了一场尴尬。

其实，当一个人竭尽全力地想和这个世界发生联系时，反而会感到自己像个无声无息的影子，孤独寂寞。因为一个受欢迎、有存在感的人，并不会长袖善舞、巧言令色，而是能对朋友真心关照，关键的时刻能挺身而出。

存在感，是与他人相处得舒服

在聚光灯下的人不一定是最有存在感的，因为，他们处处锋芒毕露，和他们真正相处时，并不舒服。

三国里的才子杨修，为了博人眼球，对曹操下一秒的一言一行都能预测精准，处处向自己的上司示其智慧锋芒，但最终却被曹操设计杀死。为什么？太刺眼了才导致碍眼。

在生活中亦然，一个人纵使能洞悉他人心思，但为了彰显自己而处处将他人说破，这样下来，并不会换取他人的好感与羡慕，反而在不知不觉中已暗自树敌，更别谈在他人的心目中留下一个深刻的印象了。

真正的存在感要的不是锋芒毕露，而是在你的人际圈里和每个人都恰到好处地相处，一言一语点而不破，不会让人因为太直白而感到尴尬和不自在。

谦逊的人，才最有存在感

存在感是一种很虚的东西，在这个复杂躁动的社会里，每个人都有可能借势炒作自己博出位，但也极有可能随时烟消云散，不再被人谈起。

顾炎武说："吾辈所恃，在自家本领足以垂之后代，不必傍人篱落，亦不屑与人争名。"

不争名夺利、不依赖他人，以谦逊的姿态立足在自己的圈子里的人是最受人待见的。就像凤姐与宝钗，一个犀利高调，一个优雅低调，但比起"粉面含春威不露，丹唇未启笑先闻"的凤姐，那自信又不失谦逊的宝钗反而更容易让人记住。

在自己的圈子里，不必急于想方设法地获取他人的关注，只需保持一种谦逊的姿态，充满正能量，并在每一个需要你帮助的人面前，不吝付出，这样的人，又怎么可能不受到他人的尊敬与关注呢?

谦谦君子，温润如玉。

假如你成为了这样的人：谦逊温和，真诚待友，每一句谈吐都让人如沐春风，又何惧别人记不住自己呢?

寂寞是
最好的增值期

我们总是害怕一个人的日子，殊不知，一个人的日子一辈子不会太多。

——国馆君按

知乎上有一个热门话题：为什么有些男人下班有家不回，偏偏跑到车库里抽烟发呆？有一个回答触动内心，他说，因为回到家，你就是丈夫，是爸爸。你是顶梁柱，是通天石，就是不是自己。

20岁的时候我们害怕寂寞，呼朋唤友消磨时光。30岁的时候才知道，寂寞的时光难得，唯有在无人的角落抽一根烟放空。

独处像银行卡只取不存的钱，取走一点是一点。那一段只属于你一个人的寂寞时光，一生不会太多。

而那些在我们害怕寂寞时，被我们肆意挥霍掉的寂寞，才是最好的增值期。

可怕的是，你浪费了寂寞的时光

中大中文系一位80多岁的教授在答一个女生“作为女生如何做好

学术”的问题时，认真地说：“不要太早结婚，结婚之后你就没多少时间能好好做学术了。”

钱锺书晚年谢客，不愿拜访别人，更不拜访名人，“即使司马迁、韩愈住隔壁，也恕不奉访！”春节期间，名人相访，他开了门缝谢绝说：“谢谢，我很忙。”就连“文革”期间的国宴，他都直摆手说：“我不去，我很忙！我不去，哈！”

吃一顿饭、见一下客并不难，只是钱锺书知道，会客的时光多了，独处的时间就少了，而能一个人静静读书、看报、写《管锥编》的时间就更少了。

我们总是在害怕自己不受关注、被冷落，但其实，属于你一个人的寂寞时光不会太多。

寂寞是最好的增值期。人应该怕的不是寂寞，而是浪费了寂寞的时光。寂寞的时候不要问你现在怎么样，你要问问自己未来的你想怎么样。

牛掰的人，在寂寞里成长

每个玩微信的人都见过微信启动画面那个站在月球下的孤独的小人，但微信没发明前，没人知道，发明者张小龙已经在无人的角落独尝了三年寂寞的时光。

微信横空出世的时候，很多人惊叹究竟是谁发明了这种改变世界的产品。

没人知道，微信发明前，那个蜗居在广州的张小龙不会讲粤语，没什么朋友，不会讲价经常被宰，心情不好的时候听很久以前的歌，然后在香烟中专注、认真，与黑夜一起熬过了无人关注、不知前途的三年。

很多牛掰的人都是在寂寞里成长的，很多惊人的繁华都只属于某一个人的寂寞时光。

我们常常会问，大神和渣渣的差距在哪里？其实，大神不过就是在你挥霍寂寞的时候，拥抱寂寞而已。

繁华是他人的，寂寞是自己的

叶延滨的《灯火的温情》中有一个词，叫“荒野无灯”。我们每个人都会某个时期被丢进一个荒无人烟的野地，在那无边无际的黑暗里，只有大地、苍穹和一个自己。

在这无边的寂寞中，你找不到他人喋喋不休你的害怕和过往。于是你开始冷静下来，沉下心，跟自己对话，质询生命的真意。你找不到半盏灯，于是逼着自己跌跌撞撞去寻找那光亮。直到你向上帝说“要有光”时，你的世界才有了光。

寂寞是生命温情的赐予，有一种默默的奢华。它逼你走向枯寂和野外，却给你一片空旷的天地。因为，繁华时你属于他人，只有寂寞的时光里，你才属于你自己。

《道德经》里有一句话：“致虚极，守静笃，万物并作，吾以观复。”虚极寂极之时，天地一片荒芜，时间的沙漠独走你一人，除了你自己，一无所有。天地对你无所赐予，除了寂静。

然而因了这份寂寞到极点的寂静，天地开始为你旋转，你才有机会静心观照自己和世界万物，有所创造。

所以，不要害怕寂寞，不要再挥霍这份稀有。

珍惜你一个人的日子，抓住增值期，未来在寂寞的尽头等你。

太爱面子的人，没有未来

“人不要脸，天下无敌。”在现代看来，这句话不无道理。

——国馆君按

有位大学教授在课堂上问学生：“你们觉得中国人流传至今的传统是什么？”

“孝顺、礼仪、谦让、仁义、诚信……”

“都不是，是——面子。”

中国的历史有多长，面子的历史就有多长。自古以来，之所以“打狗看主人”“立贞节牌坊”等这些面子工程让国人趋之若鹜，是因为它能最直接地反映出一个人的社会地位。

但话说回来，太爱面子，还真不是一件好事。

你还在为面子而活吗？

整个社会都在讲面子，你敢跟它对着干吗？

毫不夸张地说，这个社会99%的人都在为面子而活。

古人考取了功名，就要衣锦还乡，光宗耀祖。如今，嫁女儿你得看男方的家境门面，办婚礼你得有豪华排场，全身上下都得是国外顶尖名牌……

于是乎，原本相爱的情侣被高昂的礼金拆散，豪华奢侈的婚礼大肆浪费，一个名牌包包把人折腾得营养不良……

这外表虽无限风光，实则内心痛苦不堪。

放得下，才拿得起

当然，每个人都渴望被别人看得起，做个体面人，但放下面子，就一定是错的吗？显然不是。

古人云："大丈夫能屈能伸。"屈为隐忍，伸为坦荡。当初韩信受到胯下之辱时，面对市井众人的嘲笑，可以说是颜面尽失吧？但往往一个面对是非嘲笑能够看得开的人，才能遇见未来的光彩。

所以说有时候我们低头，是为了看准自己走的路。很多人认为，自己已经过得还可以，不愿意去尝试新鲜的事物，很多东西都放不下，拉不下这个脸，于是最终死在了面子上。

成功三要素：坚持，不要脸，坚持不要脸

20世纪80年代初的中国，高考刚恢复没几年，读大学对于一个农村的孩子来说是可望而不可即的事，还不如在家务农，安居乐业，踏实地过这一生；或者去城里打工赚钱，也许不久便能混上个班长、厂长，生活也算是过得有滋有味。

"这就是个傻子，家里有农活不干，考什么大学？"村里的人从来都看不起这个高考落榜两次仍不放弃的俞敏洪。在村里，出了个这

么不切实际的傻孩子，是一件很没面子的事。

但就在第三年，他考入了心仪已久的北大西语系。

如果他当初在意了别人的冷嘲热讽，就不会有后来创立新东方的俞敏洪。脸皮厚一点，就是不放弃别人认为错的事。

有人说，成功有三要素：坚持，不要脸，坚持不要脸。换一句话说，厚颜很对，无耻才错。很多时候，把脸面抛开了，就等于扫去了一半的成功障碍。

在这个热衷于谈情怀、谈梦想的时代，“厚脸皮”反而能成为你的筹码。

林语堂说：“总的看来，与没有什么脸面的人同行，比与有太大脸面的人同行，要安全得多。”

面子，往往是想做好一件事的最大阻碍。“厚脸皮”的人，并不是喜欢一意孤行，而是喜欢一意孤活。宠辱皆忘，才算活得万般自在。

最好的礼貌
是不多管闲事

天下本来无事，管的人多了，便成了事。

少管一些闲事，还生活一些清净。

——国馆君按

人生有四大多管闲事：扶烂泥，雕朽木，翻咸鱼，烫死猪。

烂泥躺得好好的你非要把人家扶上墙，朽木腐得好好的你非要把它雕成材，咸鱼躺得好好的你非要给人家翻一翻，死猪死得好好的你非拿开水烫人家。

每个人的生活不同，不要把你的那套价值观强加在别人身上。狄更斯说，最好的礼貌是不多管闲事——

分清自己与他人的界限，不是分内之事不管，而是他人私事非邀请不管，不危害社会公利的事少管，这是修养。

多管闲事，给别人添麻烦、惹人厌还只是其次。

多管闲事最可怕的地方在于自以为聪明，站在高人一等的地方指指点点。

历史上最有才华、最多管闲事、死得最可惜的人莫过于杨修了。

曹操平汉中时，连吃败仗。想进兵，怕马超拒守；想收兵，又恐蜀兵耻笑，心中犹豫不决。适逢庖官进鸡汤，有人入帐禀请夜间口令，操随口答："鸡肋！"杨修见令传鸡肋，便让随行军士收拾行装，准备归程。

结果，曹操以妄测圣意、扰乱军心之名，将他杀了。

曹操若想明说，"收兵"二字他自己不会说吗？杨修恃才放旷，才自作聪明做了不该做的事、说了不该说的话，落得个英年早逝的结局，难道不是多管闲事之祸？

与杨修不同，唐代有个名叫娄师德的人，非要事不管，从不将闲语放在心上。

一次，他走在街上，忽然听到有人指名道姓地骂他是畜生，他假装没听见，直接走了过去。

他的随从实在忍不住，就说："老爷，别人骂你，你没听见吗？"

娄师德说："他是骂别人吧，你听错了。"

随从说："他明明叫着您的名字辱骂，怎么会听错呢？"

娄师德说："天下同名同姓的人很多，他是在骂另一个娄师德。"

这时，那人越骂越凶，随从忍无可忍，又说："老爷，那个人又在指名骂您是畜生，连禽兽都不如……"

娄师德打断他的话说："他骂了我一句，你又对我重复一遍，你不是也在骂我吗？不要多管闲事。"

郑板桥在《赠君谋父子》中写道："多读古书开眼界，少管闲事养精神。"

世上多的是无关紧要的人和事，与其被琐事扰得焦虑、烦忧、气恼、悲愁，不如开阔眼界、修养身心，不管闲事的人，心中总比别人更多一分春意。

《事林广记·警世格言》有言：“各人自扫门前雪，莫管他人瓦上霜。”这句古话本是为人要句，却总被忘记。一屋不扫，何来闲心管天下？

每个人都有自己的生活取向和价值选择，不要做他人生活的上帝。分清自己与他人，不用自己的生活去丈量他人的生活。你看到的是四角天空，也许骏马有更广阔的草原。

佛教有个词，叫“悦纳”。我们认可自己的生活，也要愉悦地接纳更多样的生活方式。

不多管闲事，不强行干涉他人生活，是对每个生命最大的尊重。只有玫瑰和茉莉一同开放，这个世界才会如罗素所说有参差多态的美。

如何与小人打交道？

小人无耻，人人厌之。但活在这世上，谁又能避开小人？你得学会与小人周旋。

——国馆君按

我们生活中多少都会遇到那么几个人，人前甜言蜜语，背后却恶语中伤；你高升，他们殷勤示好；你跌入低谷，他们翻脸无情。这就是人们常说的小人。

杨绛先生说："你要不与人争，就得与世无求，同时还要维持实力准备斗争。你要和别人和平共处，就先得和他们周旋，还得准备随时吃亏。"

我们对小人都深恶痛绝，恨不得离他们越远越好，但生活在这个社会上，其实谁也免不了与小人周旋。

宁得罪十君子，莫得罪一小人

唐朝时有一位叫杨炎的宰相，有治国之才。他为人正直，最不屑与小人交往。而不巧的是，当朝另一位宰相卢杞就是个阿谀奉承的小人。

两个宰相本来应该一起吃饭，但杨炎却经常找借口到外面单独用餐，避免与卢杞同桌，卢杞因此怀恨在心。后来杨炎被缢杀，全是因为卢杞在皇帝面前进了谗言。

杨炎的死在于他得罪了小人。

君子远小人，杨炎奉行了这个行为准则。但以为不与小人来往，便能独善其身，那就大错特错了，这样会得罪小人，被小人惦记上。

常言道："宁得罪十君子，莫得罪一小人。"小人难养就在于小人"近之则不逊，远之则怨"。小人往往心胸狭隘，不给小人好脸色很可能就会遭到小人的怨恨，给你背后一刀。

坦荡做人，小心待客

同样是当朝官员，郭子仪又是如何对待卢杞的呢？

据说郭子仪见宾客，向来姬妾不离左右，而卢杞来访，郭子仪则令姬妾躲避。有人问郭子仪原因，郭子仪回答："卢杞貌丑而心险，妇人见到他的相貌必定会笑，肯定会招来他的嫉恨。如果他有朝得志，那我们家族就要遭殃了。"

郭子仪确实很有远见。后来卢杞掌权，迫害忠良，却独独对郭子仪存有尊重。

孔子说，"敬而远之"。不得罪他，也不愿接近他，对象是鬼神，换成小人也是一样的。郭子仪与杨炎结局不同，原因就在郭子仪从不修筑高墙挡开小人，坦荡做人，小心处世，不给流言蜚语滋生的机会。

处小人，在不远不近之间

明代晚期思想家吕坤的著作《呻吟语》中有这样的一个说法：“处小人，在不远不近之间。”不远不近这个度其实不好拿捏，以下几点或可供借鉴。

守口。小人往往人前一套，背后一套。他们擅长搬弄是非，喜欢挑拨离间。与他们相处，我们不能与他们议论，不能轻易吐露自己的想法。

防心。小人说的话、做的事不可信。他们“与人狎而致情，谀悦而多济其非”，往往阿谀奉承助长别人的错误。不管他们说什么、做什么，都不要往心里去。

离身。居鲍鱼之肆，久而不闻其臭。与什么样的人相处久了，就会变成什么样。不要离小人太近，保持日常往来，不亲不疏即可。

其实，与小人打交道也是对自我的一种修炼和提升。

见过小人的险恶，对人心才有更深刻的感悟。与小人相处或许如履薄冰，但未尝不是对我们能力的一个考验。

《菜根谭》中说：“休与小人仇雠，小人自有对头。”何必排斥与小人来往，恶人自有恶人磨，我们做好自己就行。当然，来往时不要忘记的原则是：不能与之俱黑。

精明的
最高境界是笨拙

李嘉诚曾嘱咐儿子李泽楷：

“做生意跟别人合作，假如我们拿七分合理，八分也可以，那我们李家拿六分就可以了。”

次次都让利两分，看上去愚蠢，反而成就了李嘉诚的商业王国。

——国馆君按

当你一脸精明时，愚蠢已近在咫尺

《红楼梦》里的王熙凤深谙世俗、八面玲珑、内刚外柔，极具管理才能，是个十足的精明人。最后却落得“机关算尽太聪明，反误了卿卿性命”的悲惨下场。

精明本无错，可惜王熙凤的精明用在与人争强、事事争胜、咄咄逼人上，即使再聪明，也是浑身散发戾气，令人生厌。

佛说，凡事都讲究个度，误在失度，坏在过度，好在适度。精明过度，乃智者大忌。

深谙处世的精明，要收得住锋芒，才靠得近智慧。王熙凤到死也没明白，自以为的精明巧妙，其实是别人看在眼里的愚蠢。

成大事者，不在精明

金庸笔下的《射雕英雄传》中，跟“精明”最扯不上关系的人就数郭靖了，看起来愚笨，没有心机，更别提处世技巧了。然而，只有他学到了天下最高的武艺——“降龙十八掌”，成为顶天立地的武林高手。对比他的伴侣黄蓉，虽然天资聪颖机智、古灵精怪，结果却只会拨弄“打狗棒”的粗浅功夫。

也许你会说，是郭靖幸运，遇到了一群好师傅。但，你想过为什么是郭靖幸运吗？这世上不缺精明的人，缺的是让人信服并喜欢与之交往的人。秉承真我天性就是最好的人缘。即便是看上去有些愚钝，也比故作的精明，让人舒服。

小聪明撑不起大智慧，小算计也称不上精明。但凡有大智慧的人，大多在世人眼里有点傻，像个不谙世俗的稚童。

天下之拙，能胜天下之巧

曾国潘天性钝拙，史书上也多有记载。但另一方面，曾国潘又是一位“精明”人，在军事上、官场韬略上的战术远见，非常人可及。

“君子赴势甚钝，取道甚迂，得不苟成，业不苟名，艰难错迕，迟久而后进，铢而积，寸而累，及其成熟，则圣人之徒也。”这正是曾国藩的自我写照。

但他发挥其钝拙的天性，做事不绕弯子、走捷径，总是按最笨拙、最踏实的方式去做。接人待物也是秉着“以诚为本，以拙为用”“情愿人占我的便益（宜），断不肯我占人的便益（宜）”的原则。

这与众不同的“笨拙”，成就了曾国藩非同一般的精明。正所谓，笨到极致是精明，拙到极点能出巧。

傻三分才是真智慧

常言道：“精三分、傻三分，留下三分给子孙。”这句话提醒人们待人接物不要过于精明，锋芒外露，不如智慧深藏，做个“笨拙”的精明人，韬光养晦，大智若愚。

李嘉诚的让两分，也并不是笨拙，而是怀揣着精明的笨拙。生意往来，待人处事，都是细水长流。凡事留有一步，聚集人气，才有往后的可能。

人生如路，给别人借过，实际也是在给自己修路，借过的多了，路也就越来越宽、越来越长。在精明与笨拙的博弈中，懂得顺从天性，傻三分，才是真智慧。

虽然平凡的我们，不至于太精明，也不至于太笨拙。但也不要做怀揣糊涂装精明的糊涂人，而要做一个顺从天性，傻三分的厚道人。

道德绝不是
毫不利己，专门利人

以德报怨，品格高尚。但这一般人真不容易做到。连孔老夫子也说了：当你受了委屈，只需“以直报怨”即可。

——国馆君按

社会，是道德审判的法庭?

2015年天津大爆炸，马云未及时捐钱，结果遭到网友围攻，质疑他为何不捐钱；同样是2015年，中国大阅兵期间，某女星在微博上晒娃，结果被网友批为不爱国……

对待名人，社会肆意进行道德审判，美其名曰“净化不正之风”，实质上很多却是道德绑架。而其中有一种道德绑架，其历史堪称久远。

它叫以德报怨。

是谁教我们“以德报怨”？

在某真人秀节目现场，一个女子拒绝了和亲生父母相认，因为其

父母在她一个月大的时候就将她抛弃送养了。主持人周立波当场指责女子心胸狭窄，并教导她应学会原谅。

这就是要“以德报怨”。

“以德报怨”，势力从来都很大。因为许多人觉得，这是孔子教给我们的。

但是，等等。孔子是在什么情况下讨论“以德报怨”的呢?

《论语》里面的实情是这样的：有人估计是想让孔子表扬一下，就问孔子“以德报怨”好不好。孔子白了他一眼，说：“何以报德？”意思是：谁这么蠢？你既然要用德行报答别人的恶行，那么别人的德行你用什么去报答?

因此孔子提出：“以直报怨，以德报德。”很显然，孔子想问题是很实际的。以德报怨，很多人都做不到，而且还不公平：善有善报，恶有恶报，别人的恶行种下的恶果，为什么你要替他承担?

现代学者易中天说：“道德绝不是毫不利己，专门利人。”道德是双赢的，方便别人之余，最重要的是方便自己。

以直报怨，该怎么办就怎么办

在“以德报怨”的思想还没被绑架的年代，以直报怨才是正道。

《韩非子》里面记载过这样的故事：晋国大夫解狐与某君有仇，但仍然推荐这个人去做官。某君以为两人已经冰释前嫌，满心欢喜去解狐家里拜谢。谁知解狐一见到某君，立即用箭去射他。

“为什么？友谊的小船说翻就翻吗？”某君疑惑不解。

“我推荐你，是为公事；可是我们的私怨还没完。滚！”

所谓以直报怨，大抵如此。“直”，可以解作正直，也可以解作理性。用理性思维对待恶行，拒绝感情用事，该怎么办就怎么办。

以直报怨，其实是要避免二次伤害

“以德报怨”之所以难，不仅因为心坎难以逾越，很多时候还会造成二次伤害。

我们中国在二战中遭到了那么严重的创伤，可是在战后还是延续了君子作风，主动放弃了日本的赔偿。

但是这种君子德行，换来的却是日本政客在战后，尤其是近几年一次又一次的心灵伤害。因此，中国政府也长见识了：对待强悍邻居，绝不能心软。最近在南海问题上，李克强就说：“中国历来讲求‘以德报德，以直报怨’。我们重情义，不会亏待朋友；我们讲原则，坚定维护根本立场。”

于是，我们该填的岛要填，该建的机场要建。属于我们的都要拿回来。

面对恶行不讲大道理，只讲利益和规矩，这就是国家行为的“以直报怨”。

以直报怨，是中国人的哲学。实实在在，毫不做作。一切大道理最终都要沉淀为生活。而中国人生活的目标，就是让自己活得心安理得。

有一种英雄主义，叫自嘲

世界上有一种英雄主义，是你看透自己的缺点之后，依然爱自己。

——国馆君按

最近半年，自嘲“贫穷+平胸”的papi酱拍摄的小视频在网络上迅速走红。凭着神一样的自黑吐槽，她成为第一个把广告费卖出2200万的网红。

知乎高票认为，papi酱走红的一个重要因素在于她善于自嘲。明明长得貌美如花，非要每个视频都用45度仰角把自己拍丑；不怕自嘲又穷又平胸，还不时把自己的尖下巴P圆。各种接地气式的自嘲后偏偏又带着一股“我是平胸我怕谁”的自信。

现在红得发紫的名人如咪蒙、papi酱、马东、董思聪、黄渤等，谁不是像papi酱一样具备自嘲的能力呢?

正如黄渤所说：“自信没有那么重要，学会自嘲是一个很重要的本领。自嘲是自信的进阶表现。”

比自信更高明的是自嘲。

自嘲的基础是自信

和papi酱一样红的咪蒙也是自嘲中的高手。

咪蒙戏谑地称自己是个“猥琐人士”：人品不怎么样，脸皮厚、没责任感、爱拖延、爱放鸽子、花心、成天换老公……

作为一个身高一米五几的女人，她丝毫不避讳自己个子不高的事实，第一篇爆红的文章——《我，一个矮子的史诗》便充满戏谑地拿自己开涮，“上学的时候擦黑板，够不着黑板上面；去图书馆，够不着上层的书；去超市，够不着最上面的东西”。语言诙谐幽默，让人忍俊不禁。

说完自己矮，她又开始说自己胖。别人是讳疾忌医，她是在自嘲的路上停不下来。

她写的《被嫌弃的胖子的一生》用夸张的手法自嘲自己长得胖还喜欢自欺欺人，从小到大走到哪儿都是被欺负的可怜样。充满洞察又理直气壮，胖反而不是缺点，变成她的可爱之处了。

自嘲的基础是自信。能自嘲的必须是智者中的智者、高手中的高手，因为它要你自己骂自己，把自己放得极低，不怕自黑和扮丑。他们知道自己的长处在缺点之外，因此才有足够的底气和勇气嘲笑自己。

自嘲的来源是自知，是一种自我剖析

自嘲不是自轻自贱，更不是自取其辱。自嘲是一种自知，是自我曝光缺点，来源于对人生的深刻领悟和对自身不足的清醒认识，是比剖析别人更残酷的自我剖析。

2015年，《奇葩说》的主持人马东为了让自己在镜头里不那么显老，割掉了两个大黑眼袋。马东的眼袋一直是节目中的抢镜担当，对于眼袋的神奇消失，网友们有众多猜测。当《幸福的味道》节目现场被当面问起时，他说："这是我在北京饭店的厨房拿菜刀做的，技术好、效果赞。"

马东长得不好看是公认的事实，因为长相问题经常被开玩笑他也不生气。他说："人对自己最好的认知就是先把自己放没有。不生气是因为知道自己真的丑。"

长得丑承认丑是自知，长得丑假装美便是自欺欺人了。把自己放没有，剖析自己，承认自己的美与丑，才能谈笑自如，嘲笑自己也云淡风轻。

自己胳肢自己笑，自嘲是比还击还高明的自我保护

古代有个姓石的学士，一次骑驴不慎摔倒在地，一副四仰八叉的样子，弄了一身的泥土，真是有辱读书人的斯文，在人来人往的大街十分尴尬，可这位石学士却不慌不忙地站起来说："亏我是石学士，要是瓦学士，还不摔成碎片？"一句妙语，说得在场的人哈哈大笑，自然这石学士也在笑声中免去了难堪。

黄渤是演技出众、从不靠脸吃饭的演员，也从不在乎对方拿他的外形去调侃。黄渤的外形条件在影视圈中并不占优势，当别人说他丑时，他经常笑着自嘲："其实我长着一张抗抑郁的脸，我最帅的一般都是背影。"别人便会意一笑，不再为难了。

自己胳肢自己笑，自嘲是比还击还高明的自我保护。懂得自嘲的

人，是极聪明的人，他用贬低自己的方式，来保护自己。光脚的不怕穿鞋的，而自嘲就是一个脱鞋的过程。在别人说出自己的缺点之前，先把缺点说出来，便让对方无话可说。

罗曼·罗兰在《米开朗基罗》中说过："世上只有一种真正的英雄主义，那就是认清生活的真相后依然热爱生活。"

生活不缺随时准备抓住我们的缺点嘲笑我们的人，我们也从来不是没有缺点可以不被嘲笑的人。

懂得自嘲的人，懂自己，懂生活。他认清身边人喜欢嘲笑别人的劣根性却不做嘲笑他人之事，他认清自己并不完美却依然能用自嘲的方式接纳自己。

自嘲是生活里真正的英雄主义。当你能学会自嘲，你就开始原谅自己的不完美；当你能够原谅自己，也就可以宽恕他人。

不要害怕被嘲笑，更别害怕自嘲。人生在世，何曾不是有时笑笑人家，有时给人笑笑。

孔雀开屏的时候会露出屁股，但这并不影响孔雀的美丽。猴子上树的时候会露出屁股，但并不影响猴子的灵敏。适当的时候自嘲一下，暴露一下自己的弱点，有什么关系呢?

真正的教养是尊重他人

现在人动不动就说“教养”，但究竟什么是教养，教养又如何体现？

真正的教养是推己及人，尊重他人。

——国馆君按

人之长相，分体貌和心灵。五官的美直接可感，但不如精神之美来得长久。精神美需要修养的依托方能体现。在公交车上，一只皮鞋踩在你的脚尖上；饭馆里，一碗汤不小心洒在你的衣服上，你是选择随风而去还是据理力争？种种态度，都体现人的修养。

修养更是待人接物的处世之道。《格言联璧》中曾提及待人接物之道：“事属暧昧，要思回护他，著不得一点攻讦的念头。人属寒微，要思矜礼他，著不得一毫傲睨的气象。”真正的尊重从心而发，若“恭敬而无实”，流于形式，只会让人觉得虚伪。

回护他人隐私

“事属暧昧，要思回护他，著不得一点攻讦的念头”，属于人家的隐私，要想着维护，不能有一点说坏话的念头。我们鼓励与人相互交流，但绝不可忽略自我与他人隐私的重要性。《摩诘经》有云：“防意如城，守口如瓶。”不让杂念侵扰内心，不让言语脱口而出，是为人处世的一大戒律。因此，守口如瓶更是一种尊重。

马克思住在巴黎的时候，诗人海涅经常到马克思家做客，他们之间的友谊是深厚的，正像马克思自己说的，两人达到了“只要半句就能互相了解”的地步。海涅写下了一篇战斗诗篇，夜晚，就到马克思家来朗诵自己的新作。马克思从不在别人面前“泄露天机”，直到海涅的诗作在报章上发表为止。海涅称马克思是“最能保密的”朋友，他们的友谊也为世人所称颂。

在一个喧嚣的时代，谨言是待人处世最基本的尊重。维护朋友隐私是义气之举。不言他人之私，保持沉默，更是一种风度。

矜礼寒微之人

尊重他人，不只是面容谦恭，待人和善，更重要的是基于内心的敬爱。孟子言：“爱人者，人恒爱之；敬人者，人恒敬之。”尊重他人，自然也能获得他人的尊重。然而，没有多少人能够真正做到不计较身份，一视同仁地尊重。

日本大企业家提义明经常提及爷爷如何尊重每一个顾客的故事。当年，有一个衣衫褴褛的乞丐来到提义明爷爷的蛋糕店，在门前看了很久，驻足不肯离去。他身上散发的难闻气味，让旁边的顾客皱眉掩鼻，伙计也想要赶走乞丐。他拿着脏兮兮的小额钞票说：“我来买蛋糕，最小的那种。”

伙计不愿搭理，这时店老板走过来，从柜子里拿出小而精致的蛋糕递给他，深深鞠了一躬，说：“多谢关照，欢迎下次光临。”乞丐受宠若惊般离开，他可从来没有受过如此招待。店老板正是提义明的爷爷，他教育孙子："我们要记住，尊重我们的每一个顾客，哪怕他是一个乞丐，因为我们的一切都是顾客给予的。"提义明多年来一直要求员工尊重每一个顾客，从心里敬重每一个人。

真正的讲礼和尊崇，是抛开身份成见，一视同仁，也是为维护他人利益而懂得适时缄默。尊重不只是社交场合的礼貌，我们更需要把尊重定义为出于人内心深处对另一个生命深切的理解、关爱、体谅与敬重。这样的尊重，才是最纯真、最质朴、最基本的待人方式。

第二章 做个体面的普通人

体面的生活，与钱无关

心若体面，生活也必将随之体面。

——国馆君按

西服革履、正襟危坐的公务员、银行柜员是体面的，泥巴裹腿、手脚皲裂的农民是不体面的……

关于体面，很多人都有着直接肤浅的判断：首先，薪水一定要高；其次，着装要优雅时尚，最好是牌子货；再者，生活一定要过得小资，凡是出门在外，就必须是在高档西餐厅就餐，等等。

但是，能真正做到以上几点的人，又有几个呢？那做不到这几点的人就都不是体面人了吗？

到底，怎样才算是真正的体面？

体面，不是金钱堆砌而成的

《红楼梦》里有这样一个有趣的角儿：刘姥姥，一个家境破败的农户形象。

在曹雪芹的笔下，荣国府简直是体面至极的象征。

刘姥姥第一次进荣国府，便“看到门口两旁气派的石狮，满门的轿马，挺胸叠肚的看门人，使得她战战兢兢，见人就称太爷”。

第二次入荣国府时，见到的则是家宴螃蟹宴——“这一顿的银子，够我们庄稼人过一年了”。

但在第三次进入荣国府时，再也见不到那些挺胸叠肚的门人了，也不用连溜带蹭，而是“一经来到后门”寻了半天才找到一个人。而再见到凤姐时，那位言辞犀利、打扮高贵的凤姐已不再雍容华贵，而变为“骨瘦如柴、精神恍惚”。

最后贾家的落魄，证实了物质丰厚的体面是经不起时间冲刷的。谁也无法预见下一秒的兴衰荣辱，最终金钱堆砌出来的体面，更像所谓的泡沫。

什么才是对这个浮躁社会的最好逆袭?

还记得那首前段时间唱火的《平凡之路》吗？歌手朴树用沧桑的歌喉，诉说了许多关于人生的沉浮：“我曾经跨过山和大海，也穿过人山人海，我曾经拥有着一切，转眼都飘散如烟。”

我们奔波劳碌一生，是为了过上体面人的生活，因为你坚信金钱可以买来光鲜靓丽，可以买来锦衣玉食，甚至可以买来旁人的尊重和服从。

但实际你的生活过得一塌糊涂。每天下班回来时，已是一副狼狈不堪的模样，浑浑噩噩，蜗居在阴暗的出租屋里，不想修整杂乱的胡楂，不想处理泡在洗碗池里的碗筷……

其实，你要走的并不是那个砥砺前行、奋发图强的草根逆袭之路，而是去努力做一个体面的普通人，就算是最好的人生。或者说，努力做好一个体面的普通人本身，就是对浮躁社会的最好逆袭。

体面的生活，源自内心的丰盈与富有

那些在报道里出现的富人，他们一掷千金，骄奢跋扈，表面他们穿得很体面，但本质上却是肮脏龌龊。

相比之下，那些靠打工、拾荒赚钱持家的人，在平凡的生活中做好本分，才是一种真正的体面，因为受人尊重。

内心丰盈的人，从不惧怕生活的平凡，并自始至终地热爱着生活。也许他们拥有的衣物不多，也不是牌子货，但却整洁得体；也许他们只栖息于几尺之地，但床头有几本好书陪伴，生活亦是充实饱满。

高晓松说："生活不止眼前的苟且，还有诗和远方。"那么，一个体面的人，就是那种带着丰盈的内心去追逐远方的人，而不是那种靠追逐名利来粉饰自己外表的人。

最完美的人生，是自己成全自己

我们准备好了一切，然后等待命运给予机会。

但如果命运忘记了你，你怎么办？

——国馆君按

多数人的一生，匆匆忙忙就过去了。

因为大多数人都不怎么给自己的生活以惊喜。

很多时候，我们的生活状态是“万事俱备，只欠东风”。等命运、等别人给你一个机会，帮你推一把，这事儿就成了。

可是这么等着的人，大多没能等来东风，最后只能喝西北风。

永远在等着的人，永远都在给自己设限。有梦想又怎样？困在笼子里的鸟，最终都会忘掉飞翔的本能。

就像张曼玉，她原本已经变成一只金丝雀：华人女演员中首位戛纳影后，从年轻开始修炼成女神的气质，至今未婚，无儿无女，是早已供在神坛、不食人间烟火的女神。

这么一个女人，后半生什么都不用做，专供全世界观赏膜拜就好了。

可是她偏不。前不久草莓演唱会，大家领教了女神独一无二的

“烟嗓”，“走音的影后”“被上帝放弃的声音”等批评接踵而至，但女神不仅要唱，还要自己包办作词、作曲，面对质疑她这样说：

“我演了20部电影还被说成花瓶，唱歌也请给我20次机会。”

女神太谦虚了。凭她的嗓音，恐怕别人连2次机会都不会给她。那20次机会，其实是她自己给自己的。

电影《霸王别姬》里，关师傅教戏的时候有句训示：“人，得自个儿成全自个儿。”

如果要等到能力足够了，才去实现梦想，那么一辈子都是等待的日子。

大哲陆九渊说：“收拾精神，自作主宰。”人什么时候有胆量给自己个机会，什么时候才开始实力派的生活。

即使我希望有所改变，可是我已经过了奋斗的年龄。“少壮不努力，老大徒伤悲”，不是我不给自己机会，是时间不给我机会。

人一认老，就相当于半只脚踩进了棺材。

没错，时间不曾饶过人。但人何尝应该饶过时间？

毛姆在《月亮与六便士》里告诉我们，不放过时间的方法就是不管它。

查尔斯本来是个股票经纪人，可是40岁那一年突然受到了内心的感召，抛下工作、妻儿跑到巴黎画画，为了灵感，他甚至隐居到太平洋小岛上去。

有人去劝他：你今年已经40岁了，有个好家庭、好工作，为什么要放弃？万一你失败了怎么办？

他冷漠地回应：去他娘的40岁！去他娘的好家庭、好工作！你滚吧，我就是要画画！

在自己的世界里勇往直前的人，什么时间概念全都可以抛于脑后，什么年龄都埋藏着无穷生机。

美国的摩西奶奶58岁才画出了第一幅画，中国的褚时健80岁才开始种橙子。人生没有太晚的开始。什么时候愿意给自己机会，什么时候才是开始。

在生活逼你投降的时候，你有无胆量绝地反击？

刘晓庆有。

命运给了她很多，但后来都一一夺回去了。她因偷税漏税断送了自己的星途，出狱后更要偿还巨额税款，差点山穷水尽。

可是她毕竟是演过武则天的女人。

没有女主角可做了，她跑到横店去做临时演员，从50元日薪重新做起。到她重新站在了大家面前，她抛给世人的是这样一句话：

人生不怕从头再来！

每个人的生命都只有一次。平庸的人一辈子只活一次。无畏的生活家不断推翻自己，活出了几次生命的厚度。

你希望自己是哪一种人？

并非生活无趣，
是我们失去了有趣的能力

其实，有趣是一种能力。

很多时候，我们仅仅是失去了这种能力而已。

——国馆君按

我们经常会感觉生活无趣。一年从头到尾，我们说不清自己是过了365天，还是把一天ctrl+v、ctrl+c了364次。

我们觉得钱不够用，假不够休，女朋友不够体贴，老板不够仁慈，公交车太挤，房子太小，工作太乏味……总之生活就是味同嚼蜡。

我们还经常羡慕他人的生活，以为自己是唯一被上帝遗弃的可怜虫。

但是仔细回想那些让我们无限快乐、有趣的时光，似乎和金钱、时间，以及其他人没有根本上的关系。

让生活无趣的，不是别人，是因为我们失去了这种能力。

有趣，是一种心态

没有谁的生活天生是有趣或是无趣的。不同的，往往也不是金钱、时间的差异，而是我们的心态。

当然，金钱和时间也会有影响。因为有钱、有时间你也许就可以去马尔代夫度个假，否则，就只能去附近免费的公园走走。

但是，决定生活是否有趣的关键不是马尔代夫和免费公园的区别。最大的问题可能是我们压根儿没有出门，而是穿着睡衣，蓬头垢面，窝在沙发里，毫无目的地把电视遥控器按了无数个轮回，把朋友圈翻了一遍又一遍，浑浑噩噩地度过本来就不多的闲暇时光。

我生长在大山里，父母都是农民。小时候家里很贫穷，连电灯都没有。回忆有趣的童年，大家能够数出一大堆动画片，而我什么都不知道。

但是，我的童年并没有因为贫穷而无趣。

记得三四月份的时候，一棵一棵的野生樱花从山脚到山顶依次开放，点缀在崇山峻岭间，煞是好看。

到了五六月份，樱桃又从山脚到山顶依次成熟。我们几个野小子，光着脚丫子，攀爬到樱桃树的树梢，双手抓紧，双脚松开，用身体的重量将树压弯，小女孩们就开始摘樱桃。

每逢这个时候，我们的叫喊声、父母的责骂声，总是混杂在一起，飘荡在整座山里，也飘过了我整个童年。

那时候很贫穷，但是那个时候的生活很有趣，现在想起来依然有趣。

现在，我们自然多了很多现实的压力，但是我们却连去公园走一走的心情都丧失了。

生活还是原来的生活，我们却少了那份让生活更有趣的心态。

有趣，是一种才华

刚来广州的时候，租住在一个城中村里，房子很小，阴暗潮湿，到了三四月回南天的时候，那简直就如同人间地狱。那时候，很羡慕能够在广州这样一个大都市里拥有自己的房子的人。

后来有了自己的房子，但是生活的趣味却似乎并没有因此而增加太多。直到看了一篇很火的文章：《房子是租来的，生活不是》。看了其中主人公的生活态度，我才明白，原来生活的趣味和房子的关系也没那么大。

将生活过得有趣，更多的是需要一种才华。

要说无趣，恐怕在古代皇宫朝堂上的生活最甚，一言不慎，就会生命堪忧。如果遇到一个比较暴虐的君王，那恐怕就更加无趣。

但即使如此，也有人能够将这本来无趣的生活过得妙趣横生。

在秦始皇时期，有一个叫优旃的人，他是个侏儒。这个先天不足的缺陷，在别人看来倒是多了几分趣味，但是落到自己身上，恐怕是无趣极了。

秦始皇在冬天一个阴雨天大摆宴席，门外站岗的武士在雨中瑟瑟发抖。优旃同情并想帮助他们。于是他端着热气腾腾的酒，站在殿前大声戏谑他们：

“哎，哥们儿，你们长得高有什么用呢？还不是要挨冻。我这么矮，却可以喝着热酒，坐在殿内休息。”

秦始皇听到了，就下令站岗的武士减少一半，让他们轮流休息。

秦始皇想要扩建自己的狩猎场，东到函谷关，西至陈仓。百官进谏劝阻，秦始皇都不听，还勃然大怒。

优旃上前说：“我完全赞成扩建狩猎场。不仅如此，还要多养禽兽在里面。如果东方各国要来攻打秦国，就让麋鹿用角顶死他丫的。”

秦始皇哈哈大笑，扩建狩猎场的事情就此作罢。

也许我们会遇到种种不幸的遭遇，会有诸多的不顺，也许现实很残酷，但是我们依然可以将生活过得有趣。

有趣，是一种人品

曾经听过黄渤一个关于“幽默”的演讲。他讲了自己这样一次经历——

有一次在机场，黄渤被一个粉丝认了出来。攀谈良久，双方都很开心。

粉丝说：“我特别喜欢你拍的电影。每一部我都看了。”黄渤一脸开心和幸福。

粉丝说：“特别是你和刘德华拍的那部，叫什么来着，我太喜欢了。”黄渤一脸蒙。

粉丝又说：“叫那啥，《天下无贼》。”黄渤一脸蒙加一脸黑线。

后来粉丝要求和黄渤合影，并让黄渤签名。黄渤拿起笔，洋洋洒洒写下了三个字：“王宝强。”

有时候，让生活有趣，就是让自己和身边的人开心。如果说知道怎么让别人开心是一种情商，那么愿意让别人开心则是一种难得的人品。

黄渤就有这样的人品。如果他发现粉丝认错了自己，直接戳破，那将非常尴尬。而他的处理方式，让粉丝非常高兴，自己回想起来也有趣极了。

黄渤说，自己很幽默是因为自己总是遇到尴尬。

生活也是如此，虽然确实会遇到很多无趣的事情，但是我们需要做的是想办法让它变得有趣。比如，成全身边人的开心。

有趣，是一种生活态度，也是一种生活能力。要想过有趣的生活，先让自己变成一个有趣的人。只有一个有趣的人，才会把生活过得绚烂无比。

会玩的人，更容易幸福

人生也未必那么沉重，很多时候，很多事情，也只不过是玩玩而已。

——国馆君按

有粉丝在后台留言，问我他该读什么书；也有人跟我说，他很迷茫，不知道自己想要什么，不知道人生该朝哪个方向走。虽然也许别人就是随便那么一问，但我回答得总是小心翼翼，生怕一不小心，误了别人的大好前程。

然而，其实我真的想告诉他们的是："别那么沉重，这一辈子，玩玩而已。"

真爱，不过是玩玩而已

曾经和老婆一起外出旅行。当时，火车晚点是家常便饭，飞机准时，比中彩票都难。所以，我们毫无意外地遇到了火车延误。

我们坐在候车室里，一起观察走过的男男女女，偷偷评论他们的长相，猜测他们的身份，推论他们的行程，不亦乐乎。

后来在旁边的座位上捡到了一本写满了各种不孕不育广告的杂志，翻到最后一页居然看到一个填字游戏。我们马上投入其中，比完成当年老师布置的家庭作业认真得多。

几个小时过去，火车终于来了，我们欢呼雀跃，那感觉倒像是早到了，而不是晚点。

那个时候，飞机误点、火车晚到，还不太流行打骂工作人员。所以，一起出行的人容易互相抱怨，特别是夫妻之间特别喜欢彼此发泄下情绪。

同时等车的人，大部分都是默然而坐，不停地看显示屏上的车次信息，也有人不耐烦地向工作人员询问。而在离我们不远的地方，一对夫妻却在吵架。

“都说了不买这趟车，你非得买！”

“那晚点了，怪我啊！要不是你非要出来，有这事儿吗？”

“你又把水放哪儿去了？”

“我怎么知道！”

……

我敢肯定，在同一个候车室里，同样是等了几个小时的车，他们的时光比我们过得漫长。

在生物学家的眼里，所谓的男欢女爱就是荷尔蒙分泌导致彼此产生的激情而已。也许，这听起来有些现实和残酷，但确实比山盟海誓的浪漫多了几分科学的依据。

否则，我们也不用担心七年之痒，也不用感叹现实打败了梦想。激情退去后，只剩下柴米油盐的琐碎，还有四目相对的沉默。来日方长，还没履行完的爱情诺言如何继续？有人选择了离开，有人选择了忍受。

无论是离开，还是忍受，岂是长远之计？

如果除了骂孩子，两人再无话可说；如果除了上下班、吃饭洗碗，两人再无事可做。无论如何鼓吹平平淡淡才是真，但只要我们还有灵魂，这种日子如何持久？

真正的真爱，和荷尔蒙、激情、感觉固然有关，但是最为保险、最为持久的就是一起玩玩。

我在厨房炒菜的时候，老婆会站在一旁帮忙递勺子、洗盘子、撒调料、关火，忙得不亦乐乎；我拖地的时候，老婆会把拖把拿过去先在地上画一个大花脸；小侄女来家玩，老婆会偷走她的零食来和我分享……

同样是柴米油盐，同样是激情褪尽，但是生活依然快乐，因为我们在一起玩得很开心。

孝敬父母，不过是玩玩而已

十年前，背负着父母的希望走出大山，来到这纷纷扰扰的城市。从此，和父母团聚成了最大的奢望。我在城市里来去匆匆，父母在山上春种秋收。

前两年春节回家。有一天，母亲兴致勃勃地和我们说，她特意留了一树橘子没有摘，好让我们玩。

于是，我们挎着篮子，背着背篓，扛着梯子去摘橘子。

其实橘子树不大，我觉得以我的神勇，根本用不着梯子。于是，不顾母亲的再三呵斥，三下两下上了树。

我在树上摘橘子，母亲在树下用竹竿敲打我的屁股。那时候，她已年过半百，而我也已是而立之年。

当我再次不顾她的吆喝从树上跳下来的时候，我看到她一边瞪着眼，一边举着竿子要打，一边咧着嘴笑。

我们很忙，忙得连给父母打一个电话都没时间；我们很烦，烦得让父母想关心一下我们的生活都要小心翼翼；我们很博学，博学得不再愿意听父母说他们的生活。

我们还很孝顺，父亲节、母亲节的时候，在朋友圈、微博里大声感恩，大声呼喊我们对他们的爱。

但是，我们似乎没发现，最好的孝敬，也就是多和他们玩玩而已。

教育孩子，不过是玩玩而已

有粉丝在后台留言说，孩子整天手机、平板电脑、电视不离左右，自己实在是没办法了。我回复他说：你自己的手机离手了吗？带孩子出去玩玩吧。

我们都担心孩子会输在起跑线上，也喜欢将自己未达成的梦想都寄托到孩子身上。所以，我们疯了一般穷尽一切办法，希望能够把他们培养成小超人。

公司的旁边是一个球类培训中心，每逢节假日都有很多家长陪着孩子来训练。但是，我发现绝大多数孩子都哭丧着脸，稚嫩的脸上写满了“生无可恋”的绝望。

有一次我路过的时候，看到一个孩子正在和自己的妈妈讨价还价。孩子软磨硬泡，母亲软硬兼施，僵持不下。后来看形势母亲就要动手了。

我走上去劝说那位尚年轻的母亲：“要不你自己先去玩会儿吧，孩子看你玩高兴了，不用你强迫，他自己就来了。”这位母亲说：

“我不行。好多年没打球了，打一场球下来，我肯定就散架了。”

我摇摇头走了。现在孩子服从于你的威慑，可以做你希望的载体，你可以颐指气使地让他做这做那，不服从还可以威逼利诱，甚至是打骂。但是有一天孩子长大了，你还能去支使谁呢?

我们都头疼的一种作风叫官僚作风，官僚作风还有一个非常通俗的说法叫“家长式搞法”。然而，中国的很多家长都沉迷其中不能自拔，还美其名曰为孩子的未来负责。

太多的父母在感叹，自己的孩子不听话，不好教育。却没发现，正是自己在做他们活生生的榜样。

好多时候，教育孩子，也不过是和他们一起玩玩而已。

我们都感叹知己难求。知己是什么?也不过是几个可以一起玩的人而已。玩不到一起，能无缘无故成为朋友吗?不在一起玩，那友谊的小船还不是不知道什么时候就翻了?

所以，朋友，也只不过是一起玩玩而已。

我们抱怨工作无趣，只是谋生的手段，那是因为你没找到志同道合的人，找到自己感兴趣的工作而已。

和志趣相投的人，做自己喜欢的事情。你会发现，工作，也只不过是玩玩而已。

为什么关于朋友和工作，我只草草写了几句就没了。因为规定推送的时间到了，排版的同事催了又催。而且我知道，这也只不过是玩玩而已。

你的容貌，是你赋予生活的样子

一个对自身容貌都疏于整理的人，他的灵魂能高贵到哪里去？

——国馆君按

杨澜曾讲过自己在英国的一段经历：

她面试失败以后，披头散发、穿着睡衣、裹着外套就去了咖啡厅。咖啡厅里人很多，她被安排坐在一位优雅的老太太面前。老太太没有看她一眼，写了一张便签给她：洗手间在你左后方拐弯处。

她想起自己面试被拒的理由是穿着随意，愤慨于对方的以貌取人，此刻却发现原来自己的邋遢，是对别人的不尊重。

她说，25年来母亲一直告诉她能力才是最重要的，而这些英国女士则告诉她：我们为什么要以貌取人？

一个人得为自己40岁以后的长相负责

中国男人的丑似乎已成定论：他们穿着松松垮垮的T恤短裤，没一件合体西装，更不会打领带，尤其40岁以上的男子，大腹便便油光满面，既无情趣，也无品位。

我们自小受到的教育就是，能力胜于一切，漂亮又不能当饭吃，把时间浪费在这上面干什么呢?

但事实又是如何呢? 据说林肯总统曾在面试后拒绝了一位才华横溢的应聘者，幕僚问他原因，他说：“我不喜欢他的长相！”幕僚不解道：“难道一个人长得不好看，也是他的过错吗?”林肯答：“他得为自己40岁以后的长相负责。”

一个尊重他人也尊重自己的人，如何会允许自己着装随便、形容憔悴? 没有人有义务通过连你自己都不在意的邋遢外表去发现你优秀的内在。

你的容貌，正是你赋予生活的样子

曹雪芹写多愁多病的黛玉是“两弯似蹙非蹙笼烟眉，一双似喜非喜含情目”，写善良懦弱的迎春是“肌肤微丰，温柔沉默”，写精明强干的探春则是“俊眼修眉，顾盼神飞”。

忧郁的人眉头紧蹙，宽厚的人眼神温和，自信的人嘴角自然上翘……这些习惯日积月累，就改变了容貌。

同样，待人的谦卑，谈吐的优雅，读过的诗书，丰富的内心等都会投射在你的容貌上。

曾有人写离婚时的邓文迪，憔悴苍老得多少顶级化妆品都无法掩盖；后来邓文迪手挽年轻有才的小帅哥出现在镜头前，笑容灿烂，满面春风。

你怎样对待生活，生活又怎样对待你，最终都会呈现在你的容貌上。所以，憧憬美貌，善待生活，是我们每个人应有的信仰。

你的脸就是你灵魂的模样

郭四小姐郭婉莹的故事许多人都读过，她年少时美丽富有，众星捧月。

“文革”时期，她沦落去扫厕所，即使在那样的岁月里，她依然细心打理容貌，于煤球炉上蒸蛋糕，看书的时候用镊子翻书，尽量保持着从容、优雅。

以貌取人，取的并不是美貌，而是好看。好看是眉梢眼角见清风明月，是举手投足里赏心悦目，是在最落魄的岁月里依然保持优雅与从容。

我们见过太多这样的人了，仗着财大气粗，便对人颐指气使，身上穿金戴银，却毫无礼仪，这样的人，太不好看了。

好看，绝非肤浅的美丽，它是一个人剥离了外表之后的素养，是放在浩瀚人群里也能一眼分辨出的气场，这是灵魂的样子。

以貌取人，取的是什么?

是你用你内在的气质和涵养，在岁月的沉淀下逐渐打磨的外貌。

一个自持修养、精致律己的人，他的容貌不会太差。而事实上，我们见到的，大多是无法把控生活而随之失控的形体。

郑重对待每一刻，对自己的身体保持尊重，这和年龄没有关系，面容终究会老去，但你的面相却由自己所打造。

将自己打造得精致、美丽、动人，这何尝不是一种高级的修养。

人生，要以
最优雅的姿态抗争

谁没有遇到过一两个流氓、小人，没有碰到过几件堵心的事儿呢！

有人劝我们要对此宽容、心怀感恩，因为往往是他们成就了我们。

但，让我们堵心的人和事自然是越少越好，哪里又来的感恩呢？

——国馆君按

有人说，“人生不如意十之八九”，可见人生道路之坎坷，总能遇到些给我们添堵的人或者事。遇到添堵的人，有人会告诉我们要宽容；遇到添堵的事，有人会告诉我们要感恩。

曾经有人向孔子炫耀：“如果用‘德’来报答‘怨’，是不是很厉害？”孔子回答说：“那用什么来报答‘德’呢？用正直的态度来报答‘怨’，用‘德’来报答‘德’就可以了。”

按照孔子的意思，对待“怨”，我们不必对其感恩戴德，而要用正直、正义的态度去对待。比如别人偷了我们的东西，我们不用宽恕他，更不用感激他，正确的方法是报警，让他接受监狱生活的洗礼。报警，就是正直的态度。

同样的道理，如果我们对那些给我们人生添堵的人和事充满感激的话，那对帮助我们的人、让我们人生道路畅通无阻的事，我们该如何对待呢？

何况，有大量的事实证明，对于一个人来说，记住别人的坏和记住别人的好，很多时候其实是一回事。一个不记仇的人，很有可能也是会忘恩负义的人。这个当然不绝对，肯定也有天生善良、如神似佛的人。只是那不符合普通大众的心理。

（一）

战国时期，秦国有一个有名的国相叫范雎。他提出了著名的远交近攻策略，为秦国后来统一六国初步奠定了基础。

范雎本来是魏国人，在中大夫须贾府上做门客，后因为遭须贾嫉妒，被控以私自倒卖国家机密的罪名，差点儿被魏国国相魏齐鞭打致死。还被用破席子卷起来丢在茅厕，让大家朝他身上撒尿，身体与心灵都饱受摧残。

后经历千辛万苦逃离魏国，见到秦昭王，被赏识，遂封侯拜相。

后来须贾为魏国出使秦国，范雎先是对他捉弄了一番，然后在众人面前细数他的罪状，还大摆宴席，宴请各诸侯国的使者，唯独让须贾坐在门前吃马饲料。

极尽侮辱之后，范雎让须贾带话给魏王，如果不杀死国相魏齐，他就要让秦国的军队灭了魏国。魏齐最终被逼自杀身亡，范雎大仇得报。

像这种快意恩仇的历史人物，范雎并非个例。

楚国伍子胥的父兄被楚平王杀害之后，历尽千辛万苦，九死一生逃到吴国。他穷尽一生之力就谋划了一件事——灭掉楚国。后率领吴军攻破楚国国都时，楚平王已经死了，伍子胥还将其挖出鞭尸。

韩信年轻时曾在街上受胯下之辱，一时传为笑谈。后辅佐刘邦夺得天下，被封为楚王。封王之后，韩信将当年侮辱自己的街头流氓找来，不杀他，而是授予了一个小小的官职，让他从此战战兢兢，惶惶不可终日。

李广被贬为庶民的时候，曾在夜行的时候被小小的霸陵尉盘查，霸陵尉仗着酒兴出言不逊。后李广再次被任用镇守边陲，第一件事就是请旨将那个霸陵尉调到自己的帐下，随即砍头。

范雎、伍子胥也好，韩信、李广也好，他们不仅锱铢必报，同时对在自己危困时刻给予过帮助的人，也是滴水之恩，涌泉相报。比如韩信封王之后，就特意给曾经施舍过自己一碗剩饭的漂母送去了千金。

也许我们会觉得他们心胸不够宽广，但是，我们不得不承认，他们的态度更加符合人性。

值得注意的是，他们在受到侮辱与挑衅，甚至是受到生命威胁的时候，并没有逞匹夫之勇，而是努力让自己变得强大，再以正义之名，将自己的仇人打垮。

他们的抗争，和当街厮打、彼此谩骂相比起来，要优雅得多。

（二）

世界长跑名将海尔·格布雷塞拉西耶出生在埃塞俄比亚阿鲁西高原上的一个非常贫困的村庄里。

由于家里贫穷，他只能每天跑十多公里去上学，早出晚归，一天就是二十多公里。天长日久，陪伴他的是高原的朝阳和晚霞，还有耳边呼呼吹过的风声。就是这样，他成了世界长跑名将，曾经15次打破世界纪录。

后来海尔·格布雷塞拉西耶在接受采访时表示，自己很感谢贫穷的童年生活，因为如果他们家里有钱有车，他就不会奔跑着去上学，也就没有他后来的成就。

这一切听起来那么有道理，又如此鼓舞人心。

但是，我们仔细想想，似乎也并非如此。

从小每天都有一定的奔跑量肯定是他成功的主要原因，但是这一点一定要贫穷与困苦才能给予吗？如果他从小家境优越，又有如此天赋，能够善加挖掘，给予更加专业的训练，他的成就会不会更大？

当时和他一样贫穷的小伙伴肯定很多，为什么就他一个人成了长跑名将？可见，因贫穷奔跑的童年并不是他成功的充分条件。他只是众多贫穷的小伙伴中少数的幸运儿。

和海尔·格布雷塞拉西耶差不多的长跑运动员有很多，他们都是靠贫困苦难的童年成就的吗？肯定不是。而且可以肯定，在天赋相近的情况下，相比一些家境更好的人来说，海尔·格布雷塞拉西耶付出的努力肯定要更多。

海尔·格布雷塞拉西耶是幸运的，因为他有机会站在镜头前讲述他的故事。但是更多和他一样贫穷、一起奔跑的孩子，可能早已经被贫困所淹没，在努力求得生计与温饱中度过了一天又一天的岁月。

（三）

在我们受到欺负的时候，很多人会劝我们要宽容；在我们遇到苦难的时候，很多人会劝我们感恩。所以，我们有时候会觉得，如果没有遇到那么几个给我们添堵的人，没有遭遇几件添堵的事，我们的人生就不够完满。

前几天看了一段郭德纲的采访，在回忆几年前德云社的变故时，他说：“我记住都不行吗？如果说我要报复，那是我心胸狭窄，但是记都记不住，那还是事儿吗？远离那些总是劝你大度的人，因为雷劈他们的时候会伤害到你。”

郭德纲的话说得有些过，但是却更加符合人性，符合普通人的心智。

当然，一定有人是真的如此宽容大度，如此淡然睿智，但是那都是如神如佛的人，是高不可攀的，我们无法企及的。

对于我们普通人来说，困苦与灾难固然可以磨砺我们的意志，增长我们的才干，但是谁说我们的成长一定要在困苦中完成。困苦，并不是成功的必要条件。

只是就如文章开篇所说，人生路上总会遇到各种坎坷，如果实在躲不过，那就坦然面对，不用沮丧。我们可以选择强大自己，然后以最优雅的姿势去抗争。但是，如果说要我们对此心怀感恩，实在是有些强人所难了。

当然，最好还是一生都走在康庄大道上，那些烦心的人和事儿，离得越远越好。

什么时候
你可以不用坚强？

我们都希望成为坚强的人。

但有多少人的坚强，其实只是在逞强？

——国馆君按

人人都希望变得坚强。但有些人的坚强，其实只是在逞强。

像项羽。

项羽，谁都知道比刘邦强悍一百倍。年轻时力能扛鼎，到后来聚集江东子弟起义抗秦，凭自己的军事天赋推翻了暴秦。

然而这么坚强的人，最后的下场居然是自尽。

为什么呢？

“八千子弟俱散尽。我有何颜面，见江东父老？”换句话说，是觉得没面子。

项羽式的坚强，其实已经变质为死要面子的逞强。

但有的人的坚强，也就是要面子式的逞强，却也透着心酸无奈。

外出的游子，即使是在无根地漂泊，为了不让家人担心，含着泪也要对家人的来电说：我过得很好，不必担心。

他们不仅背负着自己的希望，也背负着他人的希望，得穿着逞强的沉重盔甲，活得很累。

逞强，词典中的意思是指炫耀自己本领高强，要强。本来已经撑不住了，却为了面子、为了不辜负他人，硬要撑下去。俗语里，这叫“没有金刚钻，偏揽瓷器活”。

有人说，想给别人留下好印象，让别人觉得自己有尊严，这是无可厚非的人性。每个人都渴望得到别人的肯定，也希望别人说自己是能干的、慷慨的、有用的。

我们在人前表现得强悍，以为自己什么问题都可以解决，什么困难都可以独自承受，结果很多人的坚强，都变成了一味地逞强。

《道德经》中有言：“大直若屈。”真正的“直”，真正的坚强，不是从不低头，而是懂得示弱与合作。

著名作家张嘉佳有句话说得很好：“只有弱者才会逞强，因为强者懂得示弱。”

其实与项羽相比，刘邦才是真正的强者。因为他懂得示弱，他懂得请人帮他。只有少数几个人从开始就跟着他完成大业，他内心之坚强可想而知。

但如果他跟项羽一样犟，鸿门宴的时候就早已被剁成肉酱了，也就没有我们这个伟大汉族的“汉”字了。

在外人面前，尚且能够示弱，那就不用说在自己的家人和朋友面前了。

就算坚强如鲁迅，他也说过“无情未必真豪杰”这样的话。能有家人、朋友相依相守，相濡以沫，谁还要装孤独、装强悍？如果在家人面前都不流露真实的一面，我们该活得多么虚伪？

鲁迅就曾经在信中这样对许广平说："你看，我们到哪里去呢？我们还是隐姓埋名，到什么小村里去，一声也不响，大家玩玩吧。"

在家人面前，多大丈夫的人都能迅速融化。

同样，面对一味逞强的人，我们也不必过分指责，适当的时候给出一句建议：你可以坚强，但真的不必逞强。

人生就像一场马拉松，没有谁能以百米冲刺的速度跑完全程。懂得控制节奏，才能跟命运死磕到底。

控制节奏，就是懂得在该坚强的时候坚强，该退让的时候退让，而不是一味逞强，最后累死在长跑征途中，连终点都看不到。

人生
最好的心态是悦纳

心态如何，生活的状态便如何。

——国馆君按

人生总是充满太多的未知，我们无法预见下一秒会发生什么，是瞬时的惊喜，抑或是突然的噩耗，这一切都充斥在未知的谜团中。

而生活，就是要去一步步解开这些谜团，去追求向往的美好，去接纳既成的现实。

在这一路中，有不少人难免误入歧途，或是身陷囹圄。比如范进中举，反而乐极生悲，变得疯癫起来；阿Q的生活即使很不堪，但也不忘一句“我总算被儿子打了”来安慰自己。

当人在面对各种各样的结果时，都离不开一个接纳的过程，而执行这个过程的心态，将决定整个人生的好坏。

人的大多数烦恼从何而来?

让人记住鲁迅笔下的杨二嫂的，不是她多么辛苦恣睢的生活，更多的是她那越穷苦越难以摆脱的小市民心态——爱贪小便宜。

鲁迅写道："圆规（杨二嫂）一面愤愤地回转身，一面絮絮地说，慢慢向外走，顺便将我母亲的一副手套塞在裤腰里，出去了。"一个顺手牵羊之势，那副鄙陋而又可怜的形象便马上浮了出来。

贫苦的生活并没有激起她的斗志，反而使她变得越发沉沦，最后形成了贪婪而又牢骚满腹的性格。

从她身上，可以或多或少地看到身边人甚至是你自己的影子。当生活过得难以下咽时，很多人便开始方寸大乱了：变得更加尖酸刻薄，见不得别人的好，总想获取，却又不愿付出……

其实，烦恼便是因此而起的。

胸襟不广，生活不畅

世间万事万物波动太大，前一秒是亲密无间的好友，下一秒则可能成为最憎恨的敌人。那些穿梭在亲情、友情和爱情间反目成仇的事例早已不足为奇，但有一点想不透的是，究竟是怎样的仇恨才具有如此大的情感破坏力量？

其实，深究起来，仇恨问题之根本是人的胸襟。胸襟宽广的人，他的生活从来找不到这些碴儿，反倒是小肚鸡肠的人，硬生生地将原本稳当当的生活撕裂成碎片。

王朔在《人莫予毒》中写道："你们这些小肚鸡肠的女人，为这么点无关痛痒的小事就可以杀人。"

是的，心胸狭隘的人，一件再不起眼的事，都可能酿成骇人听闻的悲剧，但毋庸置疑的是，害人终害己。

就像小说《三国演义》里的周瑜，因气量狭小而想方设法地去算计孔明，最终计不得逞，反倒赔上了自己的性命，临死前一句“既生瑜，何生亮”的痛嚎，只能把悲剧赖到命运的头上。

悦纳，是人生最好的心态

佛教有个词叫“悦纳”，这看似超脱的状态，其实并非像我们想象中的那样虚无缥缈。简单说来，它是一种自己让自己变得美好、开心起来的能力，丝毫不受外界与客观的影响。

前面说了，一个爱贪小便宜的人可能饱受生活苦难的摧残而变得行为低贱，那是因为他既懒于付出行动来改变自己，又无法接受既定的不理想状态，自然就陷入了一个坏与恶的死循环里。

一个有悦纳心态的人，才是对生活最负责的人，重要的是，这一切与年龄无关。

微博曾有一组出自纽约摄影师之手的照片一夜间火遍网络。上面拍摄的都是有品位的老妇人，她们个个打扮精致，围巾墨镜，大衣首饰全都镶嵌于身，这群人的年龄高则100岁，低则60岁，一身靓丽的打扮惊艳世人。

经采访，她们表示毫不惧怕年龄的增大，声明人生重要的是有一颗年轻的心，并开心地去接纳所有到来的一切。

我们来到这个世界，并不是为了取悦谁而来的，也不是为了针对谁而来。

把自己的生活过好，去与所有美好相逢，不谈太多得失与烦恼，这样便足够了。

对不起，我拒绝你，是因为我尊重你

不懂拒绝的人，迟早要学会狠下心肠。

——国馆君按

不懂拒绝，是一种病

很多人都喜欢《欢乐颂》里的关雎尔，因为她人长得甜美，心地也好。但她也常常为人诟病：正因为心地太好，她不懂得拒绝别人。

关雎尔很多时候加班加得晚，都是因为帮别人做事。终于有一次，同事又病了请她完成剩下的工作，最后也是她签名确认。

同事做的那一部分错漏百出，经理知道后却只骂了关雎尔。因为最后签名的是她，所有责任都要她来承担。而那个同事，出事之后一句话也没替她说，也没有一句安慰。

关雎尔的傻白甜行径，其实也是今天许多人的写照：

因为想塑造自己的良好形象，所以对朋友的请求来者不拒。终于，我们温暖了别人，却累死了自己。

你有多重要？

“TA一定是走投无路了，才来找我……”“要是我把TA拒绝了，我就是坏人……”这是我们在接受求助时的心理。

不懂拒绝的背后，是我们往往将自己放在太重要的位置。

斗米恩升米仇的故事，告诉了我们一个无法违背的人性：

帮得了一次，就有第二次；帮得了第二次，就有后面无穷多次。而无休止帮助的剧情发展，往往是始于感恩，终于嫌隙。当哪一次帮不上忙，你就会变成罪人。

你的位置，决定了你的作为

《蝙蝠侠大战超人：正义黎明》这部电影里面，从不拒绝救助任何人的超人，面临着一个巨大挑战：民众在恐慌，这么一个能力巨大的人，他为什么只是帮助人？未来会不会有一天，他用这种强大力量反过来杀人？

因此在法庭上，众人拷问超人的是这个问题：你到底是谁？

不懂拒绝别人的人，其实有意无意地把自己当成了超人。而他们之所以不懂得拒绝，正是因为他们跟超人一样，根本没有弄清楚自己到底是谁。

关雎尔没有弄清楚自己的身份，她只是公司的其中一个职能，在一个讲究分工协作的五百强企业里，她根本不可能完成所有职能的执行。所以她累死累活，最终只能得到跟超人同样的质问。

拒绝！时而温柔、时而狠狠地拒绝！

“有所为，有所不为”，是孔子的话。“有所不为”就是拒绝。什么样的人有所不为？君子。

君子是一种身份地位。像君子一样，对于不同身份地位的人，就有他们该做和该拒绝做的事。

三毛说：“不要害怕拒绝他人，如果自己的理由出于正当。当一个人开口提出要求的时候，他的心里根本预备好了两种答案。所以，给他任何一个其中的答案，都是意料中的。”

因此，拒绝别人，一定要先给出一个正当理由。“我要下班”“我不喜欢这样做”都是正当理由。哪怕单纯就是不想帮，“我不想”也是最好的理由。

如果不想伤害别人的面子，话就说得圆一点。

钱锺书去世后，早年就暗恋杨绛的费孝通又再上门，临走时，杨绛送他一句话：“楼梯不好走，你以后也不要‘知难而上’了。”

费孝通也是聪明人，以后也只能死了那条心。

拒绝，不是对来者的侮辱。相反，不浪费大家的时间，是对双方最大的尊重。

而每一次拒绝，你都是再一次回答了一个重要的问题，也促使对方思考这一个问题：

我到底是谁。

处世的
最高境界，外圆内方

凡事都只有一种作风的人，不叫能坚持，而叫认死理。

——国馆君按

众所周知，小S的主持风格，就是大尺度。凡有男嘉宾上《康熙来了》，必遭揩油，毫无节制的黄段子乱飞。

人们以为这种不拘一格的工作态度会延续到她的生活中，她很可能会是私生活不检点的女子。而小S却过着这样的生活：

她与丈夫、公婆相敬如宾，与婆婆好得简直像一对姐妹。以至于她的姐姐大S都说：如果小S出轨，那也一定是工作需要！

人生最忌讳的，是走到哪儿都是一种态度。要么就是放纵不懂收敛，要么就是温婉不懂爆发，最后只能捉襟见肘，顾此失彼。

人活着只有一种态度、一种作风，这叫“不疯魔，不成活”

例如《霸王别姬》里的程蝶衣，戏里戏外都是一个样：较真。

戏里他是虞姬爱霸王，戏外他一样爱师哥，哪怕这种爱在当时根本不可能。

解放之后，“文革”来了，运动杀上门来，有人劝蝶衣把戏服捐出来，他不愿让人给糟蹋了，宁愿烧掉也不上交。

“文革”结束，他与师哥重返舞台，人戏不分的他，最终自刎身死。

这是时代的悲剧，也是程蝶衣自己的悲剧。

作为普通人的我们，没必要如此。对付生活的把式只有一种，生活必定对他处处竖起高墙，使他碰壁。

杨绛先生说，读《论语》是四书里面最有趣的一件事。因为孔子不是板着面孔教学生，而是经常与学生“斗智斗勇”，花样百出。

孔子最喜欢子路，因为两人年龄差只有9岁，子路经常直率地说话。孔子对他的态度，赞也很大方（“片言可以折狱者，其由也欤”），批也很直接（“由也，好勇过我，无所取材”“野哉，由也”），师徒两人都很坦荡。

子贡很自负，孔子就经常对他旁敲侧击。孔子说“君子不器”，子贡问那我是什么，孔子说“汝器也”，一盆冷水就这样泼得子贡君子梦碎。

孔子从来不会把自己变成教条，一成不变地规范人。面对什么人物就以什么口吻说话，生活不是只有一种可能。

如此才有趣。

古人说“内方外圆”，讲究处事圆润，滴水不漏。但心内不是没有坚持。

讲个历史人物，梁启超。他的一生，支持过康有为的君主立宪，合作过孙中山的共和革命，也附和过未称帝前的袁世凯，一生几变，可谓大观。

他自陈：“我为什么和南海先生分开？为什么与孙中山合作又对立？为什么拥袁又反袁？我的中心思想是什么呢？就是爱国。我一生的政治活动，都是要贯彻我爱国救国的思想与主张，没有什么个人打算。”

真正想做点事的人，为着事业的达成，必要时转变方式、转变态度，“变通不变节”，本身无可厚非。

人都是很实际的，进哪座庙拜哪个神。人生不只有一种态度，不只有一种活法。

要的，无非就是生活灵巧，活得自在。

最没有用的事，就是感动自己

你以为是在梦想的大道上前进，实则不过在自我感动的深渊里下坠。

——国馆君按

在朋友圈，你肯定刷过这样一些状态：

“又加班加到凌晨”“凌晨两点在看书”“过去几天忙到只睡几个小时”……

无时无刻不在传递着“我很努力，我很不易”但依旧“累并快乐着”的心情。

也不知什么时候开始，加班、努力这样的分内事，被越来越多的“勤奋者”晒出。

廉价的感动，恰恰是因为做得太少

实际，很多“勤奋者”才开始进入状态，就被自己发奋图强的样子感动得一塌糊涂。

这让人联想到《天龙八部》里的慕容复，每天一副“复兴燕国”

呕心沥血的努力状态。

按“北乔峰南慕容”的说法，慕容复的武功应与乔峰相当，可他能被无心习武的段誉一顿六脉神剑打得落花流水。

仔细想来，习武、复国，慕容复为之努力过吗?

学武不精，却四处接受他人“南慕容”的称呼。复国没做实质努力，但情绪异常高涨。

这种感觉很像还没上战场，就被自己拿枪的“壮举”给感动了。

努力这件事，并不值得自我感动。

所谓的努力，不是自找苦吃

我们从小被灌输“天将降大任于斯人也，必先苦其心志……”，于是很多人自觉翻译为“天降大任给我，必先让我吃苦，等苦够了自然会成功”。

做不完的工作，熬夜到天亮的、废寝忘食的忙碌，听起来是很苦……可曾想过这些苦多少是因为工作效率低，时间安排不合理，自己找的苦呢?

雷军有句话说得好：“永远不要试图用战术上的勤奋，来掩饰战略上的懒惰。”

只知道蛮干，不讲究方法和效率的吃苦，都是思维上的偷懒。这种努力，不过是无意义的消耗。

创意大师李欣频也曾说：“努力是没有用的，如果是在不对的地方。”

真正的努力是认清爱迪生说的1%的灵感在哪儿，再去付出99%的汗水。

否则，你以为是在梦想的康庄大道上前进，实则不过是在自我陶醉的深渊里下坠。

凡是沉溺于自我情绪的人，都不太成功

每个人都有自我怜悯的情绪，这是人的天性。

就连意大利著名小说家卡尔·维诺都一直提醒自己："千万不要自己感动自己。"

能克制住自我欣赏感动的情绪，亦是一件了不起的事。

拿战国时期的赵括来说，他从小熟读兵书，军事信口拈来，无人能比。这种优越感，让他孤芳自赏，自认为天下无敌。

直到奔赴战场时，他完全不顾廉颇的作战方案，最后导致四十多万赵军尽被歼灭，自己也被秦军的乱箭射中身亡。

沉浸于自己，无论是自觉高人一等，还是自我感动，都会让自己故步自封。

别那么矫情，生活只看结果

我们从小就听到"结果不重要，过程才是最重要的"，于是真的以为，努力的过程才是第一。

但现实并不如此，《请给我结果》一书中讲道："没有结果的努力都是无用功。"

生活是一项投资，起早贪黑，熬夜加班，为的不是在苦中自我感动，而是为了更好地生活，更高效地工作。

老子言“自是者不彰”，越是沉迷标榜越是不得彰显。因为真正厉害的人，都是用结果说话。

如果人生路上遇到不可避免的苦，请英雄式地接受，不要沉醉其中。如果遇到可避免的苦，请避而退之。

因为人生不应该是持久吃苦的拉锯战，而应是走走停停的有的放矢。

人生许多痛苦
都源于盲目较劲

一个人活在世界上，必须要有些不较劲的智慧。

——国馆君按

作家孙睿在《跟谁较劲》里说过：20岁，跟学校较劲；25岁，跟老板较劲；30岁，跟自己较劲……

谁都希望自己生来不凡，禀赋过人，无奈中国人山人海，想要不被湮没，唯有不断地较劲。

周国平说：“人生许多痛苦都源于盲目较劲。”

我们给自己设定了太多标准，太多比较，有人死磕到底获得了成功，但更多的人，在无端的较劲里，心中满是负累。

不要把人生调到纠结模式

年轻时爱较劲无可厚非，从不懂世事的年轻人，到渐渐明白事理，身上的棱角总要与现实对峙一番，遇到些挫折、受过些伤，总要渐渐学会与这个世界相处。

但若一生都在较劲，又会怎样？

张爱玲晚年，还在书里不断地写着往事：母亲拿她的奖学金赌钱、父亲关她禁闭、胡兰成拈花惹草却不以为意……描摹了三十年的月亮，依然无法和这些往事和解。

痛苦或许对一个作家是种成就，但若放到普通人身上，那只能是个悲剧。

都说四十不惑，所谓的不惑，大概就是能分清自己能做什么、不能做什么，不可改变的过往、无能为力的当下、不可预见的未来，均不必较劲。

和自己较劲，是最痛苦的事

有人说，人生最痛苦的事，不是失败，而是我本可以。

一想到当初的一个小差错，与梦想失之交臂，不平、愤慨、自责等情绪萦绕在心头无法抹灭，揪住这些念头不放，痛苦可想而知。

和自己较劲，是最痛苦的事。因为你以自己的不完美对抗完美，以有限的生命对抗无限的烦恼，不论祥林嫂如何自责，她也回不到那个春天的早晨去救回孩子，不断地自怨自艾，不仅给自己造成无端的痛苦，更荒废了当下。

人无法选择自己的遭遇，难免受到命运作弄。但我们却可以选择让自己的内心放宽一些，如果生活和你开了玩笑，不要再和自己过不去。

未来不迎，当时不杂，过往不恋

成大事者不纠结。曾国藩有一句话“未来不迎，当时不杂，过往不恋”，这是种不较劲的智慧。

曾经两江总督遇刺，慈禧怀疑是曾国藩所为，特地把他叫来，阴阳怪气地说：“此事甚奇呀！”目的在于激起曾国藩的怒气，试探虚实，然而曾国藩却也只回说：“我也觉得此事甚奇。”

不纠结于慈禧自己的怀疑误解，自然清者自清。

有时候人与人的差距就这么一点，有的人和自己较劲，和他人较劲，和命运较劲，却忘了眼前，人生艰难处如空中走钢索，心无杂念的人才能更胜一筹。

多一些放空，不要过较劲的人生

生活总是无法像预期一般完美，总有许多纰漏和不尽如人意。

我们会遇到大山大河一样的难关，也难免被细小的尘埃沾染……忧虑、烦恼、痛苦，数之不尽，但若因为和它们较劲，而忘记了生活中还有许多值得体味的滋味，就太不值得了。

《菜根谭》有云：“风来疏竹，风过而竹不留声；雁渡寒潭，雁去而潭不留影。故君子事来而心始现，事去而心随空。”

不要让那些无谓的思虑持续停留在心里，人心本来平静，何必自寻烦恼？较劲的人生不值得过。

人生在世需要一点
高于柴米油盐的品相

审美，是一种高于柴米油盐的力量。

——国馆君按

章诒和在《往事并不如烟》这本书中写过康有为一家的生活：

即使在艰难的日子里，他们也要按照老礼给章家送一盆水仙，每根花茎套上五分宽的红纸圈，“水仙自有春意，而这寸寸红，则带出了喜庆气氛”。

不管时事如何，该怎么过日子、该如何讲究，一点不落，这是旧时人的风度。

有人说，好品位好审美都是靠钱堆出来的，其实，有审美，真的和钱无关。

人该以怎样的品相活下去?

许多人都对审美有一种误解，好像穿着最新一季的华服，拿着限量版的包包名表，豪门豪宅豪车，享用着最顶尖的设计师们设计出来的一切，就足够有品。

但这最多只是追逐潮流而非审美，审美是一种分寸感，一种对生活的专注。

奢侈大牌的华服、米其林三星的美食，当然也有其精致用心之处；车水马龙的市井、古法手工的馅饼，也自有其美学。但若不懂欣赏，就不能算真正拥有它们。

审美，更像是一种对于生活品相的最低要求。

有审美的人生，是即使家境落魄，没有丰盛的食物，依然会把桌布熨烫得平平整整。

审美，与奢华无关

日本茶道里对生活的审美有更为细致的表达：

“屋不漏，腹不饥，即应知足。自己运薪、烧水、点茶。先供佛，后让他，己亦饮。”

每时每刻应知足，一举一动应郑重，端茶聚精会神，对人生才能真正有体味、有认知。延展到生活中去，是每一个举动都优雅自在，不能让身边的人不适，姿势、呼吸、饮食……将美贯彻到每一个细节。

如何为美？他们的回答是，认真对待生活的每一个时刻，细致关切地为他人着想。

这种对生活、对自己认真的审美，是和奢华完全无关的。

如果对生活有过这样的爱和美，人会拥有一种强大和勇敢，抵挡世俗的粗糙。

诗和远方，不会只存在于有钱人的眼里

现在很多人穷，往往不是穷在物质，而是穷在精神。因为穷，所以对付过日子，因为穷，所以任由生活露出最粗俗的一面。

诗和远方，从来不会只存在于有钱人的眼里，真正美好的东西，都是没有附加条件的。

阅读、听音乐、看风景、与有趣的人交谈，这些让心灵丰富和充盈的事物，不需要代价，需要的只是多一些对生活的体会。

陶渊明“采菊东篱下，悠然见南山”，所谓南山，就是自己心中向往的事物，而这些，不需要别人来定义，更不需要在乎价格、飞行里程、限量……这些标签无非会引起更多的不满足而已。

重要的是，以审美，找回自己生活的意义。

木心先生说，没有审美力是绝症，知识也救不了。

反过来说，许多人一生努力，最后就差在审美上。乔布斯发明了优雅简洁的手机，梵·高、毕加索绘制出截然不同的画作，陶渊明一人走在诗的桃花源里，无一不是审美。

好的审美，不仅在于对生活有细腻的体会，更在于能经受住时间的损耗。

柴米油盐的生活里，需要一些审美带来诗和远方，鸡毛蒜皮的世界里，需要一些审美来抵挡时间。

敢于嘲笑贫穷的时代，才是好的时代

年轻人，谈钱并不可耻，可耻的是你连谈钱的勇气都丧失了。

——国馆君按

有人说，敢于嘲笑贫穷的时代，才是好的时代。

张爱玲就说过：“我喜欢钱，因为我没吃过钱的苦。”——不知道钱的坏处，只知道钱的好处。嘲笑贫穷的时代未必好，只是贬低财富的时代一定不好，因为有许多人在这上面吃了苦头，充满嫉妒和自卑——

或许，那才是真正的贫穷，不止没钱，更羞于谈钱。

可耻的是连谈钱的勇气都没有

张爱玲的母亲就和张爱玲截然相反，很清高，有钱的时候绝口不提钱，即使因为钱而窘迫的时候也还把钱看得很轻。

因为轻视钱而吃了钱的苦头，这实在没有必要。

现在许多人谈起钱的时候，还是会欲言又止，似乎沾到这个字，就沾着脏。越是没钱，便越是不愿意谈钱，似乎借此安慰自己没钱也可以过得很好。

可是，越来越多的人也开始承认自己“功利”，咪蒙写过一本书，名字就叫《我喜欢这个“功利”的世界》，努力赚钱，努力变强，努力让爱的人过得更好，有什么不好吗？

年轻人，谈钱并不可耻，可耻的是你连谈钱的勇气都没有。

说实话，钱可以买到快乐

金钱买不到幸福，但却可以买到安全感。失业、车祸、疾病……如果有钱，这些意外的痛苦都会小得多，即使失恋，也可以出国旅行。金钱不是唯一的依靠，却是难堪时刻最稳固的依靠。

金钱买不来时间，却可以换取效率。免费的往往是最贵的，是因为他们另有所图，你付费，我服务，才有对彼此的尊重，也可以避免拐弯抹角的浪费。

金钱买不来感情，却可以保护感情。许多感情看起来因为钱而破裂，其实是因为计较。能用钱摆平的就不折腾人情，能明算账的就明算账，才是对感情的最好保护。

要承认钱的好处，有那么难吗？

最寒不过贫穷心

真正的贫穷，绝不只是没钱而已，而是因为没钱而无法正视许多东西。

有人说，最寒不过贫穷心。因为穷，所以不追逐体面的生活；因为穷，所以你不敢有追逐金钱的欲望；因为穷，所以认为别人的努力是虚荣。

王勃激昂文字“穷且益坚，不坠青云之志”，青云之志，或许比财富更高远，但钱却是基础之一。穷困之时，如果连野心都没有，还有什么呢?

财富积累，已经是这个社会相对公平的竞争方式了。不要让金钱成为你堕落的理由，更不要让贫穷成为你贫穷的理由。

哈耶克说：金钱是人们发明的最伟大的自由工具之一。

尊重金钱，是承认金钱公平，承认努力的价值。我们通过金钱，对自我的价值进行评估，来获取自由、安全、体面、自信……

我们听过不少人骂钱，但他们往往没钱，还不想去赚钱。说白了，不过想掩饰自己的碌碌无为。

最起码，做一个敢于谈钱的人。

当幸福来敲门，你准备好了吗？

年轻的时候，我们总急着找到幸福。

但其实，你什么时候幸福，与年龄无关。

——国馆君按

林心如和霍建华的恋情，炸开了整个娱乐圈。

林心如的感情一直是许多人关注的焦点，同期好友早已出双入对，只有她一直单身。但她总不愿将就，顺从内心，把自己建设成更好的人。

果然，时间是最好的月老，不惑之年，她遇到了霍建华。

我们总觉得幸福要趁早，再不恋爱就老了，林心如的爱情却告诉我们另一种事实。

原来，年轻未必幸福，年老未必不幸。

你什么时候幸福，与年龄无关。

你不知道幸福什么时候来

如果你看过《重返二十岁》，可能还会记得那个光着额头、白头发、白胡子的老头子王顺德。

你可能想不到，这位79岁的老人，竟能站上中国国际服装秀的T台。

他自己也没有想到，因为女儿手机里的一张照片，他被设计师看中而选上T台。他更想不到的是，自己穿着“东北大棉袄”，光着膀子，踩着节拍，走过T台的30秒，就让他火了一把，从此开始玩转时尚界的人生。

我们总觉得女人25岁还不恋爱，30岁还不结婚就要“被剩下”了。男人三十而立，要早点买车买房，不然就什么都晚了。我们为幸福做了精确的时刻，固执地要按时执行。

然而，命运无法预测，幸福不会看表。就像徐志摩所说，“我不知道风在哪一个方向吹”，我们也不知道，幸福会在哪个不经意间来临。

年轻不是幸福的资本

明崇祯十三年冬天，24岁的柳如是独自驾一叶扁舟，女扮男装，千里迢迢来到虞山半野堂，说钱谦益风流如谢安，才华似李杜，执意嫁与已经花甲之年的钱谦益。

2016年3月20日，45岁的吴奇隆在与刘诗诗的婚礼上告白：“我也不止一次地埋怨过老天，以前觉得老天对我不公平，让我经历很多奇怪的磨难、不开心的事情，现在我也明白为什么，因为他把最好的留给了我。”

红颜易老，冯唐易老。年轻的我们青春貌美，有活力，有时间。我们总害怕自己老得太快，希望在年轻时能早些幸福。

但是，年轻不是幸福的资本，年老也不是不幸的象征。能否获得幸福在于你在时光中打磨出来的、无论何时都动人心弦的魅力。

你该担心的不是衰老

我们总担心年龄增加，头发会白，容颜会衰老。

57岁的杨丽萍，却一点也不显老。她或穿着绿色缀花裙，坐在自家花园看书，百鸟围朝，花团锦簇；或穿着白色长裙，盘起头发，飘飘然立于繁花丛中。她似乎遗忘了岁月，越活越年轻，越老越精致。

《老人是一首秋天的诗》里有一句话："人到中年，才开始明白，衰老不是从中年开始的，而是从厌倦生活开始的。"

沉醉于自然与艺术的杨丽萍，年华已逝却由内向外散发着惊艳时光的气质，花甲之年仍魅力如初。

年纪增长固然可怕，但你该担心的不是衰老，而是你的心早已不再年轻、不再努力。过了所谓的年龄节点，你便随着时间一天天过去，一天天没有魅力。若你全身自带光芒，哪怕是黑暗中，别人也能看到你的光亮。

韩愈说过一句话："根之茂者其实遂，膏之沃者其光晔。"

年轻未必能带给你光芒，但年轻带来的光环却一定会随着岁月逝去。

幸福什么时候来，与你的年龄无关，与你什么时候具有魅力、自带光芒有关。

有人形容林徽因："你若盛开，清风自来。"其实你若盛开，又管他幸福何时来呢？

有些事，你总会做不成

踏破铁鞋无觅处之所以会发生，是因为铁鞋根本就踏在错误的道路上。

——国馆君按

最近朋友圈里流传着这样一篇文章：《但凡需要咬牙坚持的事，都不会太成功》，乍一看题目，会让人泄气。

本来就不是高富帅，还打算跟人家拼努力呢，现在你告诉我努力了也没用，到底还让不让人活了？

没错，鸡汤可以让你激情满满，但生活就是生活，来不得半分弄虚作假。就像《哈利·波特》里的黑魔法一样，生活中就有一些让人恐惧的“黑暗系道理”。

要知道怎样不能成功，先要知道怎样才能成功。

诺贝尔奖得主丁肇中先生曾经说过，他为什么喜欢做物理？因为他物理总是能轻易考高分。

一些你能轻易做好的事情，说明你起码有点天赋。这应该是事业取得成功最起码的要求。

所以，如果没有起码的天赋，哪怕跟自己死磕，最终也只能是把自己磕死。

杨振宁年轻时其实是想做实验物理的。那个年代，国家实业凋零，所以有志青年都想做点实事。

但问题是，杨振宁根本不适合做实验。

虽然已经废寝忘食地提高实验技能，但他做实验依然是丢三落四，某次甚至把滚烫的电烙铁直接放在别人的手掌上，以至于他所在的研究所都流传着这样一句话：哪里有爆炸，哪里就有杨振宁。

幸好他最终放弃了做实验，转去做理论。而他的例子至少证明了一点：在某方面巨大的天赋，并不能改善在其他方面的无能。

很多人咬牙切齿地努力，并不是出于自己的本心。而是看着别人功成名就，也一窝蜂地拥上去。

这就是功利社会的现实。

举个例子，出于一夜暴富的心理，很多人学投资、炒股票。他们奉巴菲特为偶像，日夜操盘，煞费苦心，在无边股海和投行穿梭奋斗。

但沉沦商海多年后，许多学巴菲特的人，都坦言学不到巴菲特的一招半式。一般人为赚钱而赚钱，而巴菲特做投资是投入了真正的兴趣。

买进一只股票，只等它慢慢升值，假使它狂跌也泰然自若。放长线钓大鱼，哪个赚快钱的人有这等耐心？投资某家公司，先要深爱这家公司，哪个愿意付出这种带感情的投资？

努力奋斗有效还是无效，取决于你是否真正深爱这项事业。漫无目的、乱冲乱撞，所付出的也不过是一股蛮劲，没什么价值。

有时即使你满怀激情地投入自己喜欢的事业，命运也不一定在你的旅途上开满鲜花。

因此，避免不成功的坚持，首先要慎重选择你将要开始的事业。有信仰的人知道，即使年过五十才开始修行也不晚。多尝试不同领域，总会发现适合自己的。

而最重要的，是要修炼出自己的风格。周星驰早年也是坎坷得不行，最后苦练出自己的无厘头风格，人生才进入了开挂模式。如果能够将自己变得稍微与众不同，再差也不会失败到哪里去。

真正的享受在于过程。成功只是社会判断人的其中一个准则，但人生最美的风景本来就不仅是在收获的那一刻。奋斗过程中体会到的每一分自由感，那种控制命运挥洒淋漓的感觉，才是千金难买的生命价值。

哪有什么命运弄人，你就是自己最好的救世主

在我们抱怨命运弄人的时候，其实都是在逃避一个问题：我们不知道自己是怎样把自己弄死的，于是怪了命运。

——国馆君按

与历史上许多末代皇帝不同，崇祯在民间没有留下什么坏名声。

崇祯的遗诏版本很多，但基本上都不出三点：无颜面见明代先帝、希望叛军不伤百姓、诸臣误我。

连死都想到了百姓。在大多数人心中，崇祯是个好皇帝，最起码是个好人。他的悲剧，不是他个人造成的，那是环境的悲剧（“诸臣误我”）、历史的悲剧（大明气数已尽，他不能螳臂当车）。清朝大臣张廷玉主编的《明史》大概就是这么点评崇祯帝的，还追誉其为庄烈帝，大有惋惜不已的意思。

是的，他自己到死也是这么觉得的。

哪里有皇帝能做得像他一样简朴？当皇帝衣服还要老婆打补丁，吃饭都是素菜。太监们发明了素菜新做法，色香味俱全，他就开心得不要不要的。

崇祯工作勤奋，真正是夙兴夜寐。无他，因为当时的明皇朝，内忧外患已经相当严重。而他的勤奋程度，大概只有他的祖宗朱元璋能

比得上。

简直感天动地。如果这个人生在国家清明时期，他一定会成为一个圣君明主。然而真是这样吗？崇祯不需要为这一切负责吗？

历史告诉我们：不是。

后金进攻辽东，整个大明，当时只有袁崇焕最适合守东北，他可是耗死过努尔哈赤的猛将。可是崇祯硬生生地把袁崇焕千刀万剐了，为何？

因为他怀疑武将袁崇焕和后金勾结，迟迟不肯结束战事。后来百姓也把袁崇焕视为国贼，将他的尸首抢食殆尽。

崇祯生性多疑，但军事见识不高，胡乱指挥袁崇焕、洪承畴等见惯沙场的老将，结果大明军队节节败退。

到了边疆死的死、伤的伤，基本无人能打，他就盘算着和后金议和。本来打不过就讲和，于国家于百姓都有好处，但崇祯拉不下老脸，只好让兵部尚书秘密主持。后来消息泄露，朝野震惊，在晚明讲究士大夫气节的氛围中，面对一片讨伐之声，崇祯死要面子不认错，最后杀了兵部尚书，让他背了黑锅。

他想迁都避避风头，就像当年南宋一样，先偏安再图强。他希望群臣提议南迁，免得自己在百姓心中生出贪生怕死的形象，可是群臣个个都是不怕死的好汉，朝议半天还是死守北京。崇祯优柔寡断，始终不肯说出自己心内的主张。

他后来有句名言："朕非亡国之君，诸臣皆亡国之臣。"把责任撇得一干二净。可是，明明他自己才是做决策的扛把子，所决定的事件件都是亡国之事。

当时大明王朝内忧外患，东北有清兵叩关，各地有群雄造反。崇祯生性多疑，总担心有人要造反，但是又没有真凭实据。

于是整天把边关将士呼来喝去换防玩。很多时候，前线真打着仗呢，一道圣旨下来就要带兵将领挪地方。也有时候，还没到上任的地方，崇祯又有了新想法。

崇祯还偏信宦官，在军队里安插宦官充当耳目。但是很多宦官不懂打仗，又贪得无厌。折腾得将士离心，有的干脆造了反。李自成就是因为在投军时被克扣了军饷吃不饱饭，一气之下杀了带兵的将领，举起了义旗。

为了解决财政经费，崇祯帝还贸然而粗暴地裁撤了当时庞大的驿站机构，造成大量驿卒失业。李自成就是其中之一。失业的李自成后来迫于生计投了军，然后又造了反，在大明的心脏上插了一刀。

也许崇祯帝是个好男人，是个好丈夫，但他真的不算个好皇帝。毕竟，要当个好皇帝不仅需要是个好人，还需要有力挽狂澜的能力，特别是在明末这种乱世。然而，崇祯并没有。

讲到亡国，南北朝时期没什么事情比亡国更加常见了。城头变换大王旗，恐怕是当时老百姓见得最多的景致。

北魏孝文帝面对的处境，比崇祯好不到哪里去。一不小心，就能让他们国破家亡。

可是人家就是牛掰。他想迁都到洛阳，大臣最初也是死活不肯。

“你说我们原来的首都好好的，你偏要深入到汉人的地盘去干吗呢？”

大臣们见怎么也说不服皇帝，于是搬出了最后一招：卜卦。

可是孝文帝大手一挥，说：

“犹豫不决的时候才占卜。现在我主意已决，还占什么！”

是的，占卜占天命。但如果自信命运握在自己手中，也就无需外物确证自身了。

孝文帝最终迁都洛阳，一心吸收汉文化，在五代十国那个混乱不堪的时代，愣是掀起了北魏中兴的一段小高潮。

崇祯的悲剧，有点像项羽，因为两者都说过类似的话。而项羽的话是："此天亡我，非战之罪。"

我们有多少人像项羽、崇祯一样得到的，自矜于自己的努力；失去了，责怪天意。

《易经》有一句话："自天佑之，吉无不利。"这里的"自"不是"从"的意思，而是"自己"的意思。要想一生吉利，不是要祈求天命的帮助，而是要得到自己的帮助。

就像北魏孝文帝。换成一句俗语，这叫"自求多福"。懂得福气是自己求来的，最起码不会怨天尤人，患得患失。这就是最大的福气。

第三章

生活，而不只是活着

生活，
我不愿将就

你不愿将就，便是和平庸最大的区别。

——国馆君按

什么样的生活才是最好的？

对于每个人，答案都不唯一：有钱，有爱，有自由……

然而，最好的生活并非没有一个标准答案。但深究起来，最好的生活就是你认真地生活、不将就地生活。

你的生活不是走向平稳，而是平稳地走向平庸

王小波在《红拂夜奔》中说："一切都在无可挽回地走向庸俗。"

毕竟，无论是名人还是普通人，都离不开一日三餐、柴米油盐。有的人，只是将柴米油盐烧成了粗茶淡饭，而有的人，却是烧成了高质量的生活。

一个活在体制里的人，每个月都有死工资，日子过得稳定，不愁吃穿，还有空闲做自己喜欢做的事，但这样的生活，没有了任何可

能，从入职的那天起，每天的日子都是复制粘贴。

多年以后，你终是只看过一个地方的月亮，稳定得没有自由。

一个明白人的日子，可不能就这么糊涂地过了。

作家周冲说："因为拒绝一目了然的人生，将自己放逐于各种可能，遍地花开，山河浩荡。"一句话说来，检验自己是否走向平庸的方法，无非就是你现在的内心是否感到丰富而又舒适，你的明天是否可能波澜壮阔。

什么是不将就的生活？

辛弃疾的《虞美人》中有一句词曰："淡中有味清中贵"，平淡的生活并不可怕，可怕的是你不知道如何在平淡里为生活增味。

不将就的生活，就像选择买一瓶昂贵的好酒，比起普通酒的口感，它不但更醇厚，而且在价格的血红标记下，你不会因为便宜而贪杯，并且会让你珍视每一口的唇齿留香。

松浦弥太郎，被称为"全日本最会生活的男人"。在他创办的公司里，他对员工的要求是早上9点上班，下午5点半必须准时下班，周末也绝不允许加班。多出来的时间，要用来陪孩子、和朋友看电影，或是在家做饭。

人不能一辈子栽在一件令自己像行尸走肉般的事上，更何况生活的全部你远远做不完。松浦先生便是如此，他还会坚持一周买一次花，两周剪一次头发，对生活郑重其事地对待。

享受生活不代表奢侈度日，而是认真地对待生活中的每一个细节，直至你已深切地感受到每天所做的一切，都是如此令人心神愉悦。

生活得有“小确幸”

“小确幸”，村上春树创造的一个词，指的是微小而幸福。

村上春树说，没有小确幸的人生，不过是干巴巴的沙漠罢了。

对生活讲究，便是将沙漠布置成绿洲。

西南之滨，有苍山洱海，一位年近六十的女人，在这里活成了仙女的模样。她是曾经闪耀各大舞台、荧屏的孔雀公主——杨丽萍。

她在面朝洱海、北依苍山的小岛上建了自己的太阳宫、月亮宫，自己打水、做饭、做家务，瓜果菜蔬都是庭院种植，自给自足，过着与世无争的生活。

她说：“阳光也是可以下饭的。”有白天就有阳光，并且每个人都可以平等地接触到它，只是有一点不同：有人将它当作了必然，而有人则将它当成了幸福的调料。

还是王小波的一句话：“一个人拥有此生此世是不够的。”

这一生一世，本来就有很多对物质，抑或是对情感的追求，它可能高远，又可能简单平淡，但这些源自你内心的真实欲望，没必要压抑，不要把生活变成了混日子，不妥协、不将就、只讲究，这才算是一个人对自身有限的生命所做过的一件最伟大的事。

苟活并不可怕，可怕的是你在平庸地苟活

修行，并不是宗教信徒的专利。

人的一生，要活得有价值，处处都是修行的契机。

——国馆君按

有多少人，以为每日的忙碌等于生命的充实？

有多少人，以为闲时的欢愉等于人生的乐趣？

人生不容易，有的人忙着过，有的人悠着过。到头来，多少人会觉得，目前的生活，不过是在苟且？

的确，如果慵懒地任生命的时光流过，它没有义务给你带来任何意义。多少人每天都在贪、嗔、痴的泥淖中沉沦，还自我安慰是人生所需。

星云大师大力倡导一种“人间佛法”，以“成佛在人间”的理念，指导芸芸众生将生活过成修行。这种生活修行的大纲，只是三个字：戒、定、慧。

这也许是我们反抗生活平庸的法门。

戒——放弃无谓执念，积极利人利己

人年轻的时候，肆意挥霍青春，不可避免地犯下许多错误。因为在这一阶段，生命虽然给予我们鲜活的身体，却并没有给予我们成熟的灵魂。

犯错误并不可怕，不要犯恶果显见的错误即可。比如贪图快感、抽烟喝酒，可免则免。这是“戒”在现代给予我们的启示。

“戒慎恐惧”，是“戒”消极的一面。“戒”也有积极的一面。戒掉贪图安逸，挑战自己认为做不到的事，也是“戒”被赋予的意义。

定——淡雅清素生活，隐忍自我提升

人到中年，生活并不会自动安定下来。这时候人开始担当社会和家庭的主要责任，每日事务纷乱。如果不能够自己定下心来，所谓的“中年危机”就悄然来临了。

走过年轻时犯错误的极端状态，理解了“偏中正”的可贵，才能获得生活淡定的资本。

就如王菲，踏入中年，名声如日中天，但是她拒绝像其他明星一样频繁登台。天后的声音本来就是天籁，而经过岁月的沉淀，她唱出的《心经》，是空灵，是超脱，是慈悲。

从生活无度的状态将自己拉回来，需要极大的忍耐。对生活的反抗，以这种隐忍的方式最为煎熬。但熬过去了，也就知道：生活，其实可以掌握在自己手里。

慧——人生本无痕迹，得失只在心间

常言道："家有一老，如有一宝。"人生的晚年，是开始回味往事、咀嚼真理的阶段。可是许多人不过是越老越糊涂，不是用人生的经历劝勉子孙多去尝试，而是用成败得失肆意限制后代的发展。与其说这是一种人生智慧，不如说只是愚痴。

人生最美好的智慧，该是反抗躺在过去的懒惰，心无挂碍，任自己、任后来者自品得失。

美国富豪在晚年大多愿意捐出巨额财富，卡内基就曾经说过："在巨富中死去，是一种耻辱。"毫无疑问，"裸捐"是一种"表演"，这种"表演"向年轻人传达了一种积极的财富观念甚至是生存智慧：人生的意义，在于奋斗的过程而非占有的结果。

人生不容易，且行且珍惜。把生命活成修行的人，本身就已经找到生命的意义了。

最优秀的人是怎样的？

岁月无痕，人生苦短。

与其广种薄收式地平庸生活，不如集中精力，做好一件事而成就伟大。

——国馆君按

（一）

通常，我们会赞赏会做很多事情的人。

入得厨房，出得厅堂；上得太空，下得深海。这种人兴趣很多，爱好很广，情商智商都很高。与这样的人生活，想想都觉得浪漫。

如果你身边有只会做一件事的人，你会不会觉得他智商有点低？

像李安，笨手笨脚的，一辈子只会拍拍电影、烧烧菜，电脑学不会、片场保安做不来，一定要有张导演椅才坐得舒服。

可是，你敢说李安导演不成功吗？

恰恰相反，李安这样的“笨蛋”比大部分人的成就都要大。为什么呢？恰恰因为他只会做这一件事。

（二）

大多时候，在我们眼里的优秀，就是耳聪目明，脑筋转得快，动手能力强，效率极高。其实这些都只是看得见的素质。

真正优秀的人，有种让人看不见的品质，那就是耐磨性和抗击打能力，也就是面对挫折的承受能力。在这方面，一般被视为“笨蛋”的人，可能更加具备。

因为这样的人失败惯了，对得失反而坦然，反而更加能够专精地从事某一种事业。这样的人，往往有股倔劲，对自己喜欢的事情能够掘地三尺。

《尚书》上有句名言叫“惟精惟一”，告诫我们要把心思镇定下来，专于一事。这当然是很难做的。然而越是优秀的人，偏偏越是要征服难做的事。

（三）

古人将“惟精惟一”做到了极致，在一件事中追求伟大的境界，典型代表就是“匠心精神”。

《庄子》笔下解牛的庖丁，解牛如跳舞，奏刀之声如奏乐，因此一把刀用了十九年，依然锋利如新。

唐代开元初年，海通和尚带人开凿乐山大佛。直到他圆寂那一天，大佛还没有完工。大师的一生，可以说就做了这一桩大事。然而没有海通和尚的专注，也没有乐山大佛今日的悲悯形态。

李安也是典型的匠心代表，用一颗匠心写剧本，于是，剧本获奖了，电影轰动了，李安也成了华人之光。

专心做好一件事，面包就会来，荣誉也会来，该给你的礼物命运一样都不会忘记。

（四）

你有这个胆量一辈子只做一件事吗？

大多数人都没有。因为大部分人都很“聪明”，世间乐事太多，何不及时享乐。

因此，首先你必须确认：你做的这一件事，就是最能令你得到快感的事，或者是你的兴趣所在。如果没有，赶紧找吧，人生苦短。

然后，你必须要准备付出很大代价去做好这件事。你必须准备好牺牲周六日的休息时间，你必须准备好放弃与父母孩子的天伦之乐，有时候，甚至你要废寝忘食，蓬头垢脸。

努力做一件事做到忘记了时间、忘掉了一切享乐，即便最终失败了，也应该可以无悔了。

（五）

柏拉图墓志铭十分简短：“他出生，他活过，他死了。”

人的一生其实就如这句话描述的那样，根本写不下太多琐事。把那一件最有价值的事情做好，你根本没有时间可以浪费。

而一生做好了这一件事，你就是最优秀的那个人。

如何走出
人生的低谷？

名落孙山、创业破产、感情受挫……

人生有高潮，也有失落，而对于那些令你困顿的低谷，到底该如何走出？

——国馆君按

电影《后会无期》里的女主角苏米说过这样一句台词：“我们听过无数的道理，却仍旧过不好这一生。”

当人处在低迷和焦虑的情绪中时，那些理想情怀、人生道理就像是遥不可及的月亮，根本无法解决现实中的温饱。

谈起人生的低谷期，想到的总是求职一路无门、突如其来的噩耗，甚至生离死别。有人将低谷期描绘为一个“U”形抛物线，即当我们处在最低点时，无论是往左还是往右，都是在向上爬。

处在低谷，只要你肯走，往哪儿走都是上坡。

在那个青菜还是几毛一斤、房价还是1000多一平方米的90年代，刘强东考入了中国人民大学，然而他在入学前，手里仅有家里东拼西凑的500元。为此他暗下决心：在大学四年里不再向家里要钱。

到了大四，他利用前三年赚到的24万元接手了一间餐厅，但不到一年，由于他忙于上课，餐厅由赚转亏，使他赔光了他赚来的第一桶金，为此他陷入了穷困潦倒的境地。

他灰心过，也沮丧过，但面对20多万的债款，他想用信念去改变现状。1998年他离开外资企业再次创业，并给自己的公司取了一个名字：京东。

很多时候，人经受惯了负能量的熏陶，便将思维囿于一处，不敢去尝试改变现状。殊不知，更多时候，人的每一步激进，换得的结果都是不俗的。

人生低谷，也许是人生最重要的转折点。

在我们看到《色，戒》《卧虎藏龙》这些经典电影时，一定难以相信拍这些片的导演李安曾经为此熬了十年光景。十年，意味着什么？

人生七十古来稀，年幼十年、老弱十年，只剩五十年的光景，又分昼夜，只剩二十五年，再有刮风下雨、三病六灾，人生，还剩下多少个十年？

而对于李安来说，这十年就像睡了一觉。当初拍摄《卧虎藏龙》时，为了坚持原音重现，他几乎不吃不睡，“真是做到我都躺下来了，才做出如今这个样子。当时我曾心生念头，想先杀了演员，再咬舌自尽！”但这一切痛苦，都必须摸爬滚打地挺过去！

当拿到奥斯卡的那一刻，他激动不已，十年的隐忍让他和大陆制片人刘二东万分感慨，抱头痛哭。

有人走不出低谷，是因为害怕，害怕别人的眼光，害怕又再次失败而苦了自己。其实，只要活的是自己，又何惧人生低谷？

著名歌手费玉清有个姐姐费贞绫，曾是红透东南亚的一代国际艳星，走到哪里都是呼声一片，然而出道不久便因为感情受挫而出家为尼了，法号为“恒述法师”。

她将出家视为解脱，并悟出了属于她自己的人生。“我不主张修贫道，为什么就要像要饭的？就富富贵贵、漂漂亮亮，就自自在在不也能修法吗？”虽为出家修道之人，但对于世俗的一切，她直言不讳，金句百出，即使出家，也活得风光。

如果当初她执拗于一段悲伤而又无法挽回的感情，痛苦只会延续。而换一种自己心仪的姿态去生活，便能走出过去的阴影和目前的低谷。

《周易》的否、泰二卦，“否”为低谷、“泰”为高潮，而欲要泰来，则必先要否极。

一时的生活困窘，并不能概以一生，恰恰它能拥有无限改变的可能。毕竟，生活，就是在强迫每一个人去蜕变。

你为什么活得那么累？

活得累，到底是别人让我们累，还是我们自己让自己累？多试试抛开别人的眼光，也许你会活得更潇洒。

——国馆君按

生活其实挺累的。而有一种累，叫中国人的累。

作家柯云路曾经写过，一位美国教授在考察中国后发出这样的感叹："中国人活得太累了。"

中国人的生活只有两个词：成功和拼搏。有人总结，中国人的拼搏就为了几个"子"：房子、车子、票子、圈子、面子、孩子，孩子长大了还有孙子。

拼杀犹如圆周率，此恨无穷不循环。

活得累，别赖钱少

我们活得累，是因为物质财富不够吗？

北上广深，中国最发达的城市，物质最丰富了，是不是就活着不累？

2015年中国最具幸福感的城市排名，头三名是青岛、杭州和惠州，全为二三线城市。而北上广等大城市，全在30名开外。

《舌尖上的中国》第二季结语这样说道："广厦千间，夜眠仅需六尺；家财万贯，日食不过三餐。"

那么，我们真的需要很多物质吗？看来不是。

攀比的眼光，才是致命杀手

白岩松说："当人们追求的不是幸福，而是比别人更幸福时，快乐就要远离我们了。"

有个故事说，老王发了一万元奖金，他的心路历程却是这样的：当他听说别人发了一千元时，他很高兴；当他听说别人发了两万元时，他已经没什么被奖励的喜悦了；而当他听说别人发了五万时，他简直在羡慕嫉妒恨！

老王的喜怒哀乐，全放在攀比的执念之中。

活得累不累，只是相对的感觉，当活得比别人光鲜，我们沾沾自喜；当活得不如别人，就觉得好像连照到身上的阳光都是灰暗的。

我们累死累活，就是为了比别人活得更好。

因此，中国势不可当地成为世上最大的奢侈品市场；有钱的国人，纷纷在节假日攻陷港日韩的旅游市场；暂时没钱的，就幻想"等咱有钱了，航空母舰买两艘，一艘打沉另一艘"。

一切都是可比的东西，所以一切都是累的根源。

攀比，不是你死我活，而是“比翼双飞”

攀比本身没有错，这是人性的一部分。但比不过别人就自卑，比别人好就自傲，这就变味了。

孔子说：“君子矜而不争。”人需要对事历练本领，做得不如别人就加把劲奋进，这是内心的尊严和庄重（“矜”）；不争，是因为大家都是人，不需要斗得你死我活，两败俱伤。

曾经，羽毛球坛上最耀眼的赛事，莫过于林丹和李宗伟的较量。两人一生相克，却也互相促进，林丹在自传中说：“很多时候，我们之间的交手已经超出了胜负本身，反而更享受每一个球的过程。”

真正的比，是双方都能体验到生命、事业本身的乐趣，“比翼双飞”，又何来累可言？

你可以比，当然也可以不比

杨绛先生就曾说过：“我和谁都不争，和谁争我都不屑。”

如果杨绛也要和人争，“文革”十年去洗厕所、被人剃阴阳头，她就已经崩溃了；如果她要和人比幸福，她嫁给钱锺书，却还要服侍这个什么都不会干的大少爷，早就受不了了；如果她要和别人比子女，那么她唯一的女儿去世的时候，她也早悲痛欲绝了。

比不比、累不累都是自己的事。你行你上，跟我无关。这才是杨先生活出百年精彩的奥秘。

为别人的目光而活，即使家财万贯也是累的；为自己的生命而活，再累也甘之如饴。

与其抱大腿，
不如把自己变成大腿

在这个充满变数的年代，任何平台都无法保证你能一生辉煌。把平台的本事转化为自己的本事，才是立足于平台之上的根本价值。

——国馆君按

现在的毕业生最喜欢去的公司是BAT：百度、阿里巴巴、腾讯，如果挤不进去，立马把目标转为网易、小米、华为这样的明星企业。

无他，因为一进去就是资源，一进去就变得牛掰。

同学聚会时，大可以侃侃而谈：我曾经跟马总谈笑风生；任正非先生有一次在食堂排在我后面……想想都激动。

平台的诱惑，叫人如何不爱它

大平台、大公司、体制内，至今仍然是很多人，尤其是即将走向职场的毕业生们梦寐以求的人生选择。

工作学习，一定要在一个好平台，因为平台的诱惑实在太大。有人总结，第一是拥有期望值，让身在平台之上的人觉得未来特别美好；第二是有尊严，因为当今社会还是个崇拜体面生活的地方。

白岩松有过一句名言：一条狗拉到中央台连播30天，自然成为一条名狗。

多少人希望成为那一条狗，躺在别人早已搭好的平台上打着哈欠晒太阳、舔完毛毛喝咖啡，最后，要么变成了狗仗人势的凶狗，要么变成了一条懒洋洋的死狗。

甜蜜的陷阱：死在平台而不自知

大平台容易放纵人的骄性和惰性，让人错把平台的本事当成自己的本事，心安理得地自高自大或者滥竽充数，等到平台倒塌了，或者自己被扫地出门，这才发现：不是他成就了平台，而是平台成就了他。

陈楚生当年在湖南卫视凭《快乐男声》走红，后来居然在电视台的跨年演唱会上故意玩失踪，使得电视台方寸大乱，终至被封杀，还被索赔巨额违约费。

虽然陈楚生最后与湖南卫视庭外和解，可是他的歌唱事业大受影响。

好的平台有很好的未来，但那是平台整体的未来；体面的工作也容易得到尊重，可那仅仅是集体的荣誉。

一位世界五百强企业的经理离职之后，大吐苦水："以前其他企业的经理们都会不时请我吃饭，现在他们都把我从通讯录中删除了！"

事过境迁，人走茶凉。分清哪些荣耀属于平台，哪些功绩该归自己，才不至于迷失。

保持随时离开体制的能力，才是最稳定的人生

很多人追求平台带来的稳定性，然而在这个瞬息万变的社会，没有人能给别人稳定的承诺。二十世纪九十年代的国企改革，一声令下无数职工失业，就是一个惨痛的教训。

无论身处大平台还是小平台，甚至没平台，锻炼出一身独当一面的本领，不断令今天的自己优于昨天的自己，才是最大的稳定。

保持随时能离开体制的能力，先要提升自己的本领。体制平台资源丰富，可惜都是拎不走的死物；但这里牛人众多，正好是一个集各家之所长的熔炉。各家本领，能学就学；即使学不会，炼就一双识人的火眼金睛，也不枉在宝山里走了一趟。

站在平台之上，塑造自己的形象和符号。平台大了，什么鸟都有，但难有出头鸟。因此在为平台拼命干活的同时，还要懂得推销自己。

《奇葩说》主持人马东脱离央视之后，投资人分析了马东的优势：一个辨识度高的形象，一个互补性的团队，还有快速的反应能力。这些优势令马东即使开个煎饼铺也有人投资。

马东的优势很多是在体制内锻炼出来的。我们什么时候能够开个煎饼铺都有人赏识，说明我们也有独当一面的本事了。

在这个时代，无论是抱团取暖，还是单打独斗，最重要的都是在奋斗中形成自身的价值。与其要去抱大腿，不如把自己变成大腿。

时代始终不会辜负那些筚路蓝缕、自力更生的勇士。

你的不顺，与生活无关

人生路上，每个人都有不如意的时候。

有人因此自怨自艾，有人依然春风满面，说到底，不顺的不是生活，是你自己。

——国馆君按

《红楼梦》里的林黛玉和史湘云，同样因家人早逝而寄人篱下，结局却大相径庭。

黛玉，处处敏感，稍有不如意就以泪洗面，终究落个“多愁多病身”；而湘云恰恰相反，为人和气，不在小事上细究，结局虽无美满姻缘，但也未有大难。

生活中，我们都曾扮演过林黛玉的角色。本没什么大不了的小事，却偏偏认为是大事、是失败，由此心生怨气，自怨自艾。

未曾积极应对，就感叹事与愿违，稍有挫折波澜，就颇感不幸，没见过大风大浪，就要收网归港。

一团糟的，不是生活本身，而是我们自己。

越逃避，越不顺心

既然不如意之事十有八九，倘若能避开，是否就能称之为一帆风顺呢?

但真正选择逃避时，下一个麻烦也必定迎面而来，杀你个措手不及。

拿破仑战败滑铁卢后，退回巴黎，大臣们都劝其发动全民战争，而他选择了退缩，寄希望于流亡伦敦。最后他落得被英国人直接送到圣赫勒拿岛，病死他乡。

面对逆境，越是蜷缩在逃避的圈子里，就注定越走越窄。

被刘邦追杀到乌江边上的项羽，本可以渡江再谋发展，却被自己心中的“无颜见江东父老”活活逼死，可惜了一代枭雄。

逃避困难，恐惧承担后果，恰恰是悲剧循环的根源。

真正的闲庭信步，都曾历经跌宕起伏

没有谁的生活真的一帆风顺，事事如意。真正的顺心，不过是超越生活痛苦层面的积极心态。

张幼仪去德国前，还是什么都怕，怕离婚，怕受伤害，怯懦胆小；去德国后，离婚，儿子死在他乡，一切瞬间跌至谷底。也是这个时候，她忽然明白，人生任何事情都要依靠自己，羞怯少女，摇身变为铿锵玫瑰。

苦尽甘来，越是平和温润的人，越是历经过种种磨难。

最顺心的生活，是善待困难

命运发生之事，我们左右不了，只能学着善待，迎面而上，不畏惧，不逃避，更不要浪费时间去抱怨命运不公。

林清玄曾问诗人周梦蝶："你吃饭为什么那么慢？"

周梦蝶回答："如果我不这样吃，那么我怎么知道这一粒米与下一粒米的滋味有什么不同？"

仔细想来，所遇到的事，如入口的米粒、下酒的小菜，不过都是一份生活的味道。

人生之路顺心与否，取决于面对困难的态度。选择逃避，或者抱怨，都是对困难的不公平。

善待每一次困难，因为所有不顺，都是多年后的下酒菜，也是你变强大的资本。

常言道"境由心生"。顺境，逆境，不在于外在变化，而在于内心的态度，心顺了，事情也就顺了。

作家池莉曾说："有生之年，不再屈服于羞辱，不再过度害怕他人，不再总是更多地感知生存的可憎。"

生活顺心，不在于事事皆尽如人意，而在于能屡仆屡起。

有一种失败，叫瞎忙

忙碌忙碌，忙总和庸碌合在一起，瞎忙了一圈，还是湮没在了人海里，而懂得人生的人，从不让自己忙碌。

——国馆君按

中国人向来是很忙的。

从《史记》的“天下熙熙，皆为利来；天下攘攘，皆为利往”，到赶英超美、力争上游的跃进，如今，“在忙吗？”还是我们日常的寒暄用语。

这个世界，可忙的事情太多了，结婚生子、楼市股市、社交网络……忙得像狗，累得像驴，最可怕的是，睁眼一看，发现自己只是绕着石磨转了几圈——瞎忙。

一个人，不应该太忙。我们忙碌，往往为名为利，但忙不忙和成不成功却没有本质的联系。

诸葛亮多智近妖，他领导的蜀国还是最早灭亡，为什么？太忙。政务军事事无巨细他都要管，只因担心别人不如他尽心。司马懿听说以后，就预言诸葛亮活不长，两军对垒，他坚守不出，果然耗死了对手。

可怜诸葛亮死后还演了一出“死诸葛吓退活仲达”，死了还要操心。如果能重来一次，他也许会愿意放权下去，不让自己劳累而终。

人，需要努力，却不需要忙碌。忙碌有时候和意义是相悖的。许多复杂的问题，需要平静的心绪、持久的专注、灵感的造访，这些都是忙碌所排斥的。

魏征给唐太宗写的谏言里，就希望唐太宗“简能而任之、择善而从之”，让百官效力，自己“尽豫游之乐，养松乔之寿”就好了，在魏征看来，一个君主积累仁德，让自己保持耳聪目明、博采众长才是最重要的。

唐太宗要努力让自己清闲，以保持大脑清醒、能听谏言，这不是一种努力吗？反而让你身心俱疲的，一定是需要警惕的。

瞎忙，或许是这世界上最失败的事了。因为你四处奔忙，到头来只是原地打转。我们需要知道，什么是瞎忙，什么是真忙。

佛学里有个词叫“精进”，什么是精进？即不退转地改掉先天的毛病，自我提升。

智慧、知识不会退转。名和利会退转，今天赚了钱，明天可能会在股市里亏掉，今天万众瞩目，明天可能无人问津。

我们事务繁忙搞垮了身体，怠慢了亲人，疏远了朋友，是瞎忙。

我们追名逐利反而沾染了抽烟喝酒卑躬屈膝等习气，是瞎忙。

想要不原地打转，唯有不断精进。“经营之圣”稻盛和夫，每天都要践行他的六项精进：1. 付出不亚于任何人的努力；2. 要谦虚，不要骄傲；3. 要每天反省；4. 活着，就要感谢；5. 积善行，思利他；6. 不要有感性的烦恼。

当然，人在江湖身不由己，有时候忙不忙并不取决于我们自己，但我们始终要知道——再忙，心不能忙，精进不能懈怠。

程明道云："百官万务，金革百万之众，饮水曲肱，乐在其中。万变俱在人，其实无一事。"

无一事，是心头无事。往往真正的成功人士，尽管每天日理万机，手上事多，却从不让心头事多。

因为，不急功近利，才能专注；不争先恐后，才能从容；不逼迫自己，才有心得、有精进。

老舍说："手脚越忙，心中越安怡，不久即成圣人矣。"而这样的人，也不会想到"忙"字。

决定成败的，绝不是细节

那些卓尔不群的人，他们有比好运更难得的东西——强大的能力。

——国馆君按

作家李月亮曾说过这样一个故事。

在一次招聘会上，刚巧办公室没水了，他就去休息区的饮水机接热水，但发现饮水机无法运作。

这时，一个来应聘的姑娘走了过来，发现有个总开关未开，事情因此得以解决。待到面试时，虽然多留意了这个女孩，只可惜她的专业背景实在太差，且没有工作经验，便只能淘汰了。

我们常说“细节决定成败”，但事实上，没有过硬的实力，又何谈成功呢？

决定成败的，从来不是细节。

能力与格局，才决定成败。

同样是面试，有三个人进入了面试的最后一轮，当时现场没有准备椅子，但每个应聘者进来，考官都会说："请坐。"

前两个人都茫然地选择了站着说，而第三个人，就是著名的吴士宏，她聪明地出去搬了把椅子进来。主考官因此认定此人有思想，有见解，有开拓市场的能力，所以选择了她。

这个故事看起来很励志吧？

但其实此前吴士宏便是IBM中国经销渠道的总经理了，这一点细节，不过是锦上添花罢了。

相比起来，人的实力永远比细节重要百倍，因为细节往往存在太多偶然性。细节，最多只能影响到成败的时间早晚。

拘于细节，只会阻碍眼界

人们常对周恩来总理的细心和周到津津乐道，但与此相比，他雄才伟略的一面，更值得人为之钦佩。

平日里，如果他只是躬身细事，而对国内外大形势、大趋势不了然于胸，他又如何成为一个指挥若定的军事家、运筹帷幄的政治家、纵横捭阖的外交家呢？

一个人如果过于拘泥细节，往往会变得谨小慎微、畏首畏尾，从而阻碍了眼界。

一个人的眼界能比常人更胜一筹，在于他不拘于细节，倾尽全力拓宽自身的视野与格局。

先布大局，再织细节

史上有名的戊戌变法失败了，有人说是因为细节不慎而致，譬如错用了袁世凯，他的告密与投机导致了全盘皆输。

其实不然，变法之所以失败，主要在于维新派与保守派对比，实力差距太大。无论用谁，也无法力挽狂澜，正如谭嗣同所说："有心杀贼，无力回天。"

无力而败，往往是因为人没有把握大局。即使有再完美的细节计划，但未分清楚形势，其收场也必定是不理想的。

《史记》有句话说："大行不顾细谨。"欲成大事，首要考虑的，一定是大局形势，唯有把握了大局，再依此布控细节，方能成功。

真正让你光芒万丈的，是你的能力

有太多人将"细节决定成败"奉为铁律，仿佛一点失误，就会死无葬身之地；似乎做到了面面俱到，就能走上人生巅峰。

不可否认，细节，确实能让你胜过旗鼓相当的对手。

但是，我们更需要的，是挑战更高层次的对手，是完成难以完成的梦想。星辰大海，因为遥不可及，才弥足珍贵。而这些，都需要我们在硬实力与格局上有所提升、有所突破。

我们都不可能面面俱到，但我们却能不断前行、自我提升，这比拘泥于细节更重要。

真正能让你光芒万丈的，是你的能力，是你的智识、资源与格局。

请远离
负能量的人

和什么样的人在一起，就会拥有什么样的人生。

——国馆君按

有人说：“想要了解一个人，就去看看他的朋友。”

一个人的三观如何，一般说来，一半来自他汲取的知识与接触的社会，另一半则来自家庭与朋友。然而更多时候，后者更具有直接引导作用。

简单说来，你和什么样的人在一起，就会拥有什么样的人生。

不要在负能量的人身上浪费时间

作家李尚龙说：“负能量是在鞭笞别人的不好、责骂社会的不公；正能量是在讲完后告诉你，即使再苦，我依旧可以通过努力去改变一些。”

有人也许天生乐观积极，但当身边出现越来越多负能量的人时，你会发现他很快就显示出疲惫的状态。那是因为情绪最容易感染人，当人总是处在这样的氛围时，心情也就自然容易变得抑郁。

像祥林嫂那样幽怨悲观的人，逢人便说起自己的悲惨遭遇，这不但没有得到别人的同情，反而招来他人的厌恶与排斥。

如果可以，请远离负能量的人，这是最对得起自己生命的选择，何况大家都这么忙，谁又有空来听你发牢骚呢？

去靠近一个给你正能量的人

真正的益友是能相互鼓励，并且对生活充满激情的。

像金星，一个处在风口浪尖的女人，面对喋喋不休的非议，她依旧过得坚强与狂热，这一切，得益于她有一位好朋友——刘晓庆。

在金星微博中，一张与刘晓庆尤为亲密的姐妹照显得格外令人羡慕，照片中的金星穿着深红色的花纹外套，典雅端庄，刘晓庆则一身黑色靓丽的中式上衣，微微地倚在金星肩上，亲密地握着她手，宛如姐妹。

图片配有一句话说：“相互欣赏，相互鼓励……晓庆姐对我说，‘人要活得精彩，最后靠的还是实力！’”我们感慨这对好姐妹成为传奇的来之不易，更感慨她们之间那份真诚而又可贵的友谊。

因为，和一个能让你变得更好的人在一起，很重要；而和一个能让彼此都变得更好的人在一起，更重要。

你要内心自带光源

如果说要对自己的生活与朋友负责任，那么最好的做法就是不要指望别人能照亮自己，而是要内心自带光源，同时可以照亮他人。

高考前夕，那位伟大似乎又遥不可及的物理学天才霍金，竟然在刚开通不久的新浪微博亲自为高考祝福：“无论你立志成为一名医生、老师、科学家、音乐人、工程师或是作家——请勇往直前地追逐你的梦想。你们是下一代的大思想家和意见领袖，未来将因你们而生。”

也许这只是一句普通的祝福语，但它出自一位罹病致残的不屈者，这句鼓励便具有更特殊的煽动力了。

如霍金所说：“如果你患有残疾，这也许不是你的错，但抱怨社会，或指望他人的怜悯，毫无益处。一个人要有积极的态度，要最大限度地利用现状。”

我们无法选择自己的生活，但能选择生活的朋友。

《太子少傅箴》有句名言说：“近朱者赤，近墨者黑。”最终跟随蝴蝶走下去的人，看到的是芬芳的鲜花，而跟着苍蝇走下去的人，你只能到达肮脏的沟渠。

一个没有偏见的人，不值得交往

假如我们不能怀挟偏见，随时随地必须得客观公平、正经严肃，这其实是件很可怕的事。

——国馆君按

钱锺书说过：“偏见可以说是思想的放假。”

中国人，自古以来就追求不偏不倚的中庸之道，凡事讲个名正言顺，但若一直这样活着，岂不是太累？

思想需要偏见，就像工作需要放假，青春需要放肆一样。而那些小说里敢恨敢爱、痛快偏见的角色，也往往比满口教训、一身正气的角色来得可爱。

更重要的是，每个时代，都需要一些“偏见”。

古人常常教训不按常理出牌的人“离经叛道”“旁门左道”。

奇怪的是四大名著写的，却多是反叛的故事——孙悟空一出世就要大闹天宫，贾宝玉不屑于考取功名，水泊梁山的反叛称得上大逆不道。

金庸的小说，耿直的郭靖得配个邪气的黄蓉，纯良的张无忌要被赵敏带着走，哪怕是康熙，也念念不忘韦小宝。

一个没有偏见的人，凡事都做得合情合理，反而无趣。不仅旁人觉得他无趣，他自己也觉得生活有些无趣。

更何况，说什么旁门左道，我们的心脏不也是偏左吗？

佛教里有个概念，叫“偏中正”。

悟道的人走的是正道，而我们这些在红尘打滚的凡夫俗子，就在偏位上。我们修身养性去往正道的状态，就是偏中正。

和古人不同，现在的人无需多想也会知道，世上不存在统一的道德标准、审美标准、价值标准，当然也就不存在所谓没有偏见的人。

偏中正，反而更符合现代人的处世之道：我们需要追求真实，但也需要一些剑走偏锋。敢于试错，敢于偏激，从而走出自己的道路。

为什么这个时代需要偏见？

因为义正词严的呐喊，有时候比偏见更可怕。

疫苗之殇里，有人批评媒体混淆失效疫苗和非法疫苗，造成无谓的恐慌；柳岩被闹伴娘，有人呼吁不要再持续给当事人以伤害；和颐酒店事件，有人质疑事件广泛传播背后的利益链条。

而这些人，无一例外地遭到了大批网友“如果是你的子女/女友遇到了这样的事，你还能这样冷眼旁观吗”的质问甚至谩骂，而这些，甚至还算不上偏见，只是不同角度的看法而已。

正是这些义正词严的道德批判，最容易被操纵、利用。

说得严重点儿，喧嚣无比的时代里，中庸已经很难存在。

在一次次的事件中，价值观不断碰撞，而人们也习惯了用“三观正”“三观不正”划分阵营。想要不偏不倚地站在中间的人，反而可能被双方唾弃。

在一个这样的时刻，我们都宁愿自己“偏中正”，站偏一些，退可容忍偏见，进可质疑公正，我们不把自己的价值观强加于人，而更愿意直面现实，一次次将自己的价值观打碎重建，直到站到我们真正觉得正确的地方。

自尊心太强的人，往往没有真本事

一个没有本事的人，才放不下那些无足轻重的底线。

——国馆君按

自尊心，是什么？

往大了说，它是一种民族气节，就像到了现代，我们也无法忘怀被称呼为“支那人”时怒砸“东亚病夫”牌匾的不屈；往小了说，它更像世俗中的面子，就像每个人找工作时优先考虑的不是薪酬，反而是这份工作是否够体面。

终归是和平世界，当我们谈论自尊心时，更多的是谈关于它在社会中让每个人的自我定位。但有一点不可否认，往往越没本事的人，其内心越脆弱，越容易被一些无足轻重的事伤到自尊。

人前显贵，人后受罪

自尊，是一个让人知进退、懂荣辱的教鞭。没有人不愿意有尊严、高贵地活着，但不敢去尝试与付出，你的理想生活就只能是幻想。

永远忘不了《霸王别姬》里那段令人沉思的话。

师父说："都是下九流谁嫌弃谁呀！"

小癞子说："他们怎么成的角啊，得挨多少打啊？我什么时候才能成角啊？"

师父答道："要想人前显贵，你必得人后受罪！"

这虽只是一个戏子的理想，但一个生来没有地位的人，不挨打，又怎么能锤炼出自己的价值？

人人都在乎自己的出身，出自名门望族的人，也许生来便有被大家仰望的优越感，他们的命运，我们无可厚非；而那些靠双手为自己挣取了价值的人，更值得被世人尊重，各行各业，都是如此。

你那点自尊不值钱

在这个社会里，能做到像朱自清那样宁愿饿死也不肯接受美国救济粮的人少之又少，那是一种上升到民族气节里的尊严，因此他被称为伟人。

而大多数的我们，不是伟人，我们只是每天忙工作、忙家庭的普通人。连柴米油盐都随时可能成为燃眉之急的生活，最忌讳的便是仍摆着一副妄自尊大的架子，生怕别人看不起。

如莫言说："所谓的自尊、面子，都是吃饱了之后的事情。"

自尊的本质是什么？是不自信。曾国藩有言曰："越自尊大，越见器小。"你因为不够自信，才导致自己气量狭小，也就是为什么你对一些无足轻重的非议看得如此深入骨髓。

放下自尊，并不是摧毁自尊，而是放开一些无谓的执念，是向你追求的业务目标前行，让你的内心多一份强大的自信。毕竟，在你没能成为你想要成为的人之前，你那点自尊根本不值钱。

强者与弱者的自尊是什么？

一个其貌不扬的人，有可能是真正的强者，反而一个光鲜靓丽的人，可能是十足的弱者。

这不得不让人想起当初拿着黄页四处跑的马云。创业之初，他不知受到了多少次的取笑与讥讽，直到后来阿里巴巴受到举世瞩目时，他只是留下了一句意味深长的玩笑话："聪明的人都离开了阿里，剩下的成了富翁。"

当一个人把那些无法弥补的缺憾看成不去尝试的理由时，那些你自以为是的自尊心其实就是让你万劫不复的自卑。而一个真正的强者，他的世界里不会有自卑这个词。

相反，弱者的自尊是一种自卑。

像那个唯一一个穿长衫站着喝酒的孔乙己，越穷困潦倒就越是守着读书人的自尊不放，到头来，不愿去面对现实的他就只能继续在这个社会底层中苟且。这不得不感叹鲁迅先生的这句评价："哀其不幸，怒其不争。"

其实，一个人自卑久了，便会变得麻木，当最后幡然醒悟时，你能做的，也只是拿着那些你所谓的自尊抱憾终身。

投资界有句话说："当你放下自尊赚钱的时候，说明你已经懂事了。当你用钱赚回自尊的时候，说明你已经成功了。"

社会上的生存规则，没有人能够打破，在这样一个既成的事实里，最忌讳的，便是把自己看得太重要，因为你不愿意相信社会提供的生存机会是人人都可以平等竞争的。

而最终那些生存下来的人，其实在他闯荡前，就已经放下了自尊。

这世界没有理所应当的善意

没有一种给予是理所应当的，也没有一种领受可以心安理得。

每个人最基本的，就是要保持一颗感恩的心。

——国馆君按

教科书上讲资本主义时，常常会提到经济萧条时期，牛奶价格下跌，资本家宁愿倒掉都不赠送或降价。

先不谈经济方面的道理，假设真的有人把牛奶免费送了，是怎样的结果呢？你也许会觉得，肯定是皆大欢喜呀。

有个人就这么做了，金融危机时，他的牛奶卖不出，就让人免费拿。每天天没亮，院子门口就有一大群人等着拿免费牛奶，有些人要了一桶又一桶，根本喝不完；甚至得寸进尺，进到家里私自拿了饲料等其他东西走。

牛奶免费拿，本是善意，得到帮助的人却把这当作理所当然，不怀感激之心。甚至得寸进尺，想拿更多。结果贡献牛奶的人，不仅得不到感激，还遭受伤害，最后无奈地说："他们要的，是便宜占尽。"

用中国古话说，就是"升米养恩，斗米养仇"，这句话出自这么一个故事。

从前，有两户人家是邻居，平时关系不错，其中一家比较富裕。这一年，田中颗粒无收，穷的一家没有收成，只好躺着等死。而富的一家买到很多粮食，就给穷的一家送去了一升米，救了急。

穷的一家非常感激富人，前往答谢。说话间，谈起明年的种子还没着落，富的一家说：我这里的粮食还有很多，你就再拿去一斗吧。这穷的千恩万谢，拿着一斗米回家后，他的兄弟却说，这斗米能做什么？根本不够明年地里的种子，这富人这么有钱，就应该多送一些粮食和钱，才给这么一点，坏得很。

这话传到了富人耳朵里，他很生气，心想，我白白送你这么多的粮食，你不仅不感谢我，还记恨我。于是本来关系不错的两家人，从此成了仇人。

一个人快被饿死的时候，你给他一升米，他把你当恩人；可你之后又给了他一斗米，他就想，既然你出得起一斗米，就能给我更多，你要不给我，那就是你不对了。

心怀善意，在别人危急的时候扶一把，已经足够了；而如果你持续提供帮助，也许就会让对方对你产生依赖，有一天不提供了，或者不满足你所提供的，反而招致记恨。

这是“救急不救穷”的道理，但潜藏在里面的，是感恩。懂得感恩的人，能清楚地区分哪些是应得的，哪些是来自他人的善意。这样的人才值得这世间的善意。所以说，行善也需区分对象、讲究方式。

也许很多人觉得，自己不是不懂感恩的人。其实，谁没有在生活里或多或少地成为这样的人呢？最简单的，就是父母恩了。

记得看过一篇文章，作者说自己年少时，和家里闹矛盾，一气之下离家出走。夜里饿了，街边还有摆摊卖馄饨的，但他没钱。老板娘却也大方，免费盛给他满满一碗，他一边吃一边落泪，对老板娘说："我爸妈都没有您好。"

老板娘却说："你爸妈养了你这么大，每天管吃喝住穿，你没觉得他们好；而我不过给你一碗馄饨，你就觉得我比你爸妈好了？"

父母之恩，太多人把它当作理所当然。长期的恩情，容易慢慢变成习惯，人会开始不懂得珍惜。当有人逐渐嫌弃父母年老、对父母越来越不耐烦，谁还敢说自己是懂得感恩的人呢？身处其间，却不自知而已。

"升米养恩，斗米养仇"讲的不仅仅是行善，还是感恩；不仅仅是别人，更是自己。

这世上，没有善意是理所当然的；没有一种接受，是可以心安理得的。对懂得感恩的人行善，会使自己的善意更有价值；而学会感恩每一份善意，会使自己的生命更有价值。

做一件事情，从这三个方面想就没错了

扪心自问：当你做一件事时，你的出发点到底是对错，还是利弊？

相信这一点，很多人还不如小孩做得好。

——国馆君按

宋代文人谢枋得曾在《与李养吾书》写道：“大丈夫行事，论是非，不论利害；论顺逆，不论成败；论万世，不论一生。”新时代的中国人，更多时候不缺理性，而是缺乏一颗正义与执着的心。

论是非，不论利害

自古以来，以求利之心为出发点来解决问题者，结局难免处处受到束缚。相反，以道义之心、仗义之言来行事者，多能大事有成。

汉代名将李广之孙李陵在投降于匈奴后引得汉武帝大怒，朝野无不唾骂指责。唯太史公司马迁一人，深知李陵之冤，因而并没有选择保持缄默，而是挺身而出，为李陵正名，即使遭受牢狱之灾，亦无悔。为是非定论，而非以利害保身，真仗义也。

董仲舒曾曰：“正其义，不谋其利。”正义即为明辨是非。金庸先生亦有如此情怀，《天龙八部》开篇里段誉说：“大丈夫在世，但求义所当为，有何后悔之有？”做事能义所当为，人便赢在最高的道德点了。

论顺逆，不论成败

人生如溪，波澜不惊，在这个高速发展的时代，再无谓“以成败论英雄”了。大业之好坏，不以结果成败来判定，“谋事在人，成事在天”，在变幻莫测的环境下，关键是看一个人在顺逆势下如何去揽获经验，而不是为结果成败而耿耿于怀。

且看为后世津津乐道的诸葛亮，六出祁山兵败而归，这并未成为他的人生污点。人之精明，在于不被一时利弊成败束缚，能放远目光、高屋建瓴，方能在人生之路上徐稳渐进。

古代哲人讲究“逆来顺受”“居安思危”，而太注重结果，难免蹈入盛极而衰的境地，或是败后一蹶不振的低迷。

论万世，不论一生

这是一个功利时代，人的眼光难免变得狭隘。宋朝文人张载曾说：“为天地立心，为生民立命，为往圣继绝学，为万世开太平。”这般豪言壮语，注入了多少为正义献身者的灵魂之中。

且谈美国前总统尼克松，他向来不为人所看好，执政期间虽没有多大政绩，但那项从越南撤兵的决定，中美的破冰之举，得到了后世的无限赞许。

有人说，现代人光有道德却没理想，人的三观都被趋利主义所扭曲，而那些崇高远大的憧憬，多属无稽之谈罢了。其实，大国崛起，除了需要“能抓耗子的好猫”，更需要既能“抓耗子”，又会想着“抓更多耗子”的“好猫”。一个人做到了“永垂不朽”，才可谓达到了灵魂的最高处。

行事看是非、处事看顺逆，为万世开太平，展示的是人的完美格局。人可以不求做到圣人，但又何妨永存圣心呢?

你如此有能力，却照样活得苟且

我们一直努力让自己更有才华，以为那样就可以享尽繁华。

殊不知，很多时候，我们依然只能在苟且里挣扎。

——国馆君按

春秋战国，群雄纷争，这是一个充满了机遇的时代，只要你有能力，就有机会出人头地。所以，我们翻开发黄的历史书，可以看到很多人昨天还是阶下囚、乞丐、奴役，明天就可能已经封侯拜相。

战国时期的魏国有翟璜和魏成子，两人都功勋卓著，身怀经世之才。魏文侯想要在两个人之间选一个人做魏国的国相，而两人都觉得自己能够胜任，相持不下。

于是，魏文侯向另一个大臣李克征求意见。李克出来后，顺道拜访了翟璜。

翟璜问："听说大王今天召您入宫，商量立谁为国相的事情。请问你们商量的结果是谁啊？"

李克回答说："肯定是魏成子会成为国相。"

翟璜勃然大怒，质问李克："你说说，我哪里比翟璜差了？"然后列举了一大堆自己为魏国立下的不朽功劳。

李克回答说："您并不比魏成子差，立的功劳也比他多。但是我给大王的建议是‘居视其所亲，富视其所与，达视其所举，穷视其所不为，贫视其所不取。五者足以定之矣’。由此看来，我觉得将为国相的应该是魏成子。”

后来果然是魏成子做了国相。

商鞅为秦国变法，让秦国一时勇冠诸侯，临函谷关而制东方诸国，后被授大良造，封商、於之地十五城，号商君。

有一天，商鞅问一个叫赵良的人：“我和曾经的无羖大夫百里奚相比，谁更厉害？”

赵良回答说：“百里奚相秦六七年，秦国国富民安，为秦国开疆拓土，四周的诸侯都向秦称臣。但是百里奚出行从不坐华丽的车子，也不带卫队，施恩惠于民。百姓对他都感恩戴德。

“而商君您在秦国施行严刑峻法，虽然秦国因此强盛了，但是您割了大王的哥哥公子虔的鼻子，得罪了太子，王公贵族对您恨之入骨；您又刻薄寡恩，百姓也是怨声载道。现在又被封为王，出门则前呼后拥，香车骏马，奢华而张扬。

“如果您还想延年益寿，那我劝您将商、於十五城的封地还给秦国，让官府多施行仁德之政，然后就去一个隐蔽的地方隐居吧。如果您还贪恋这荣华富贵，恐怕不得善终。”

商鞅不听赵良的劝告，五个月之后，秦孝公死，太子继位，商鞅被以谋反的罪名处死，并被车裂示众。

哪怕有赫赫之功，翟璜也照样做不了国相；即使让秦国称雄天下，商鞅最终也落了个死无全尸的下场。

为什么？

因为他们的灵魂之轻，无法承受才华之重。

“结果最重要”“成者为王败者寇”“无论黑猫、白猫，抓到老鼠就是好猫”。

英雄不问出处，这本没有错。

小时候，父母、老师都教育我们要好好学习，成为一个优秀的人，于是我们努力考高分。

长大以后，我们参加工作，时刻绷紧那根弦，努力奋斗，挣更多的钱，住更大的房子，开更好的车，给爱人买更好的衣服首饰……

有更好的追求，这也没有错。

司马光认为“才德全尽谓之圣人，才德兼亡谓之愚人，德胜才谓之君子，才胜德谓之小人”。宁用愚人，不用小人。因为愚人只是难有作为，而小人会贻害无穷。

也就是说，如果你仅仅有足够的才能，却没有与此相匹配的德行，轻者给自己带来损失，像翟璜；重者死无葬身之地，如商鞅。

纵然我们未必有机会指点江山、纵横捭阖，但是，我们也有同样的困扰，哪怕我们足够优秀，我们的生活也依然要面对如此多的无奈。

比如，我们似乎不能更快乐；没有办法让朋友更喜欢我们；我们没有让家庭更和睦……

生活本就复杂，仅仅有才华远不足以应付；生活也本就丰富多彩，我们不能一味追求才华，把日子过成灰色。

如果我们是一棵大树，才华就像树干和枝叶，让我们“木秀于林”；德行就如深埋在土里的树根，让我们在风雨中屹立不倒。

才华如烟火，可以让你绚烂；德行如美酒，可以让你在岁月里历久弥香。

站得高，死得快

人往高处走，这固然不错。

但是，功力不够，站得越高，后果越严重。

——国馆君按

在西周时期数十个诸侯国里，郑国最年轻。

郑国立国之初，本在今天陕西华县一代，后因为西周王朝衰微，郑桓公向东边的东虢国和郐国借了十座城池（大概在今河南境内），然后将郑国的子民复制、粘贴了过去，史称“桓公寄孥”。

完成迁国之后的郑国先后灭掉了东虢国和郐国，并不断蚕食周边的小诸侯，加上得天独厚的地理位置，很快就从一个寄人篱下的小国，成长为和其他诸侯实力相当的国家，博得了“春秋小霸”的美名。

但是好景不长，随着郑国和周边强国之间的小诸侯国消亡殆尽，郑国就直接处在了齐、楚、晋各大国的包围之中。

这让郑国非常尴尬，特别是外交上非常被动，每个国家都不能得罪，朝秦暮楚，结果四处碰壁，谁都讨好不了。

楚国和晋国开战，郑国本来认晋国为大哥，却又担心楚国胜利后不会放过自己，私下又派人和楚国发展暧昧关系。结果“地下情”被发现，两边都不再认这个小弟。

郑国所在的优越的地理位置，本来是当初得以快速发展的必要条件。但也正是这个原因，后来让郑国疲于应付，很快就沦为了任人宰割的羔羊，整日提心吊胆，生怕有一天自己被别人顺带就给灭了，惶惶不可终日。

郑国的开篇很辉煌，结局却很惨淡。为什么？因为它所在的地理位置过于优越，而它自己的实力又不足以驾驭。

高处不胜寒，功力不够，就容易摔得很惨。

元朝后期，天下大乱，各路豪杰都对皇帝的宝座垂涎三尺。

经过一番混战，小鱼纷纷死亡，剩下几条比较有名头的大鱼有：陈友谅、张士诚、朱元璋，加上已经四肢不全的元王朝，基本处于四分天下的局势。

泱泱千万平方公里的大国，能够占得其中四分之一，搁谁头上，都可以算是走上人生巅峰了。于是，各路起义军的首领纷纷称帝、称王，张士诚称“诚王”，国号大周；陈友谅称帝，国号汉。

在这种势头下，朱元璋岂能落后？换谁都可能会给自己冥思苦想一个更牛气、更拉风的国号出来，至少不能输在气势上。

但是朱元璋没有，因为在此前有一个叫朱升的给他定了一个九字方针：“缓称王，高筑墙，广积粮。”这九个字翻译成白话文就是：“认真干活，别瞎嘚瑟！”

谁是谁非，历史给出了明确的答案。

其实当时各路起义军的实力，朱元璋最弱。但是他却笑到了最后，其中非常重要的一个原因就是在陈友谅、张士诚争先恐后称王称帝之后，过于扎眼，成功吸引了元朝和其他残存起义军的力量，给了朱元璋发展壮大的机会。

事实证明，笑得太早，现实总是会无情地回头给一记响亮的耳光。

古人训：“木秀于林，风必摧之。”这是一种生存法则，站在和自己能力不符的高地，往往会给自己带来灾祸。

看过《大秦帝国》的人一定有印象，商鞅在秦国大刀阔斧掀起血雨腥风的变法运动时，他的对手甘龙经常告诫团队的一句话是：“疾风过冈，劲草惟伏。”商鞅行事张扬而跋扈，最后虽然变法成功，但是却死无全尸。商鞅被车裂的时候，老甘龙在一旁意味深长地发笑。

有时候，我们或出自虚荣，或有其他某种目的，有意将自己放在一个与实力、现实不相匹配的高度，结果不是沦为笑话，就是给自己带来麻烦。

一次工作汇报，你连蒙带骗，巧舌如簧，将自己装成很厉害的样子。无论别人信与不信，你都会成为一个笑话，早晚而已。

也有时候，我们斤斤计较，非得在一些眼前的、无关痛痒的事上一争长短。恨不得让全世界知道你才是最强的，别人都是匍匐在你脚下的小虾米。也许当时你确实赢得了些许蝇头小利，却同时输了未来。

更多的时候，我们假装站在高处的时间太久了，连自己也欺骗了。忽然有一天豁然开悟，发现了自己的幻觉和现实的差距，顿时觉得世界一片昏暗，生无可恋。

郑国的衰亡，在于把自己暴露在了一块太优越、太扎眼的位置上；朱元璋的胜利在于大家致力于表面的争夺时，他在勤练内功。

在今天这个略显浮躁的社会里，我们都有些急不可耐。担心自己内力不够的少，期盼站在风口飞起来的多；愿意耐心等待，一步一个脚印往前走的少，希望一夜成名、一夜暴富的多。

我们都一心一意爬向高处，唯恐落后他人一步。
然而，高处风大，体量不够，容易坠入深渊。

第四章 情商高就是会说话

你这么毒舌
是没朋友的

毒舌不慎，易当剑戟。

得体的毒舌，应以尊重为先。

——国馆君按

从《金星脱口秀》到《奇葩说》，毒舌火了。犀利、有趣受众人追捧，但很多人错把毒舌当幽默、犀利当风格，不分人物和场合，揭人短处，一厢情愿地以为这是为他人好。殊不知，禅佛度人，应以善为出发。

古人语："言语切莫刺人骨髓，戏谑切莫伤人心病。"

追捧幽默本无错，但毒舌幽默是一件高要求的事，要做到不伤及人心，需要分清对象和场合。

毒舌的底气源于交情

我们常常听到这样刺耳的善意：在你犯错时笑你"没脑子"，在你开心时泼冷水"别太骄傲"，在你决定跑步时直言"坚持不了多久"。

这些做法，很多看似无伤大雅，说者无心，实则听者有意，留有心疤。

幽默，只是交流的一种技巧。技巧的使用，是分人和场合的。

毒舌幽默，前提是清楚对话者接受程度，以及彼此间的交情深度。如果对这些都没有清楚的认识，就先收起你的“毒舌幽默”。

常言道“良言一句暖三冬，恶语伤人六月寒”，超越交情的毒舌，带来的除了尴尬，还有伤害。

毒舌不慎，甚于剑戟

很多人大赞节目里金星智慧敢言、直言怒骂的风格，追捧其为“毒舌”。但试想，如果这样的人来到你的生活里，不分场合地说你这不好那不对的，尽管说的都是真话，你能接受吗?

可见，“毒舌”固有其好，但也分情境和场合。

连历史上千古难遇的君臣友谊——李世民和魏征，关系再好，直言进谏不分场合，也会险遭灭顶之灾。

唐太宗有一次罢朝回宫，怒气冲冲地说：“以后一定找机会杀了这个庄稼汉。”长孙皇后好奇地问：“谁惹怒了陛下？”太宗说：“是魏征，他经常在朝堂上同我争辩。”皇后退下后穿上朝服站在庭院内，太宗惊讶问这是何故。皇后说：“我听说皇上圣明臣下才忠诚。如今魏征正直敢言，是陛下的开明，我怎能不祝贺呢！”太宗这才转怒为喜，魏征也因此逃过一劫。

虽然放在当下，不分场合口出毒舌不至于招来杀身之祸，但是没准儿你的毒舌、你以为的真话幽默，就是压倒别人的最后一根稻草。

真正的毒舌应以尊重为先

孔子曰："一言而兴邦，一言而衰邦。"言如水，可载舟亦可覆舟。掌握幽默犀利的沟通技巧固然好，但人与人交往，最根本的不在于这些沟通技巧，而在于起码的尊重和善意。

真正的毒舌，绝不是人身攻击式的彼此刺伤、毫不留情的直言不讳；也不是不顾场合拿他人的不足开玩笑。相反，真正幽默的人，用毒舌来自嘲，让气氛变得轻松。

对于毒舌，连金星自己都称："我不是毒舌，只是个敢说话的人。"节目里她的"毒舌"，也是心怀善意的；就连她的犀利，也是会给他人留有余地的。

真正犀利会毒舌的人心上有锋利的地方，也有柔软的地方。不柔软的心是锋利不起来的，那只是坚硬。

真正的毒舌，是本着尊重的态度，为他人好。

舒适的谈话，是把别人的话放心上

交谈，最能看出一个人的修养。

——国馆君按

在朋友圈里看到这样一句话："谈话让别人舒服的程度，决定你的高度。"

但生活中总有这样的人，沟通起来很困难，谈话不愉快。

"你还未说完，他就打断你；刚解释过的问题重复问上好几遍；有一句没一句地回应着……"

原本两分钟就能讲完的事，解释两个小时还未妥。

和这样的人说话，太累。

说话太累的人，点头之交即可

这些人，并不是因为沟通能力有多差，而是他们根本不屑你说的，要么先入为主，要么强加推断……

就像周濂的那本书名《你永远都无法叫醒一个装睡的人》，你也永远无法说通一个态度有问题的人。

扁鹊多次拜见蔡桓公，劝道："大王，你这病再不治，会日益严重。"

蔡桓公对医生心存偏见，觉得医生都喜欢成天给没病的人治病，用这种方法来证明自己的医术，便不以为然地回答："我没病，不用你医治。"

扁鹊就这么三番五次地劝说，每次却都是徒劳。

蔡康永曾在书中写道："对于天生防卫心强或个性冷淡的人，只需有礼地说清楚该说的话，就可以闪了。"

对于沟通成本过高的人，表达清楚自己的意思即可，不要做过多纠缠。

舒适的谈话，是把别人的话放心上

每一次舒适的谈话，会给我们带来渗透身心的愉快。

曹操看中曹植的才华，想废了曹丕，立曹植为太子，于是征求贾诩的意见。但贾诩却一声不吭。

曹操好奇地问："你为什么不说话？"

贾诩答："我在想袁绍、刘表废长立幼招致灾祸的事。"

曹操听后哈哈大笑，即刻明白贾诩的意思，于是再也不提废太子之事。

最轻松舒适的交谈，莫过于此，点到为止，彼此便能心领神会，无需过多解释。

就像安得鲁·S.葛洛夫说的："沟通得很好，并非决定于我们对事情述说得很好，而是决定于彼此被了解得有多好。"而了解的前提是，能把他人的话放在心上，细细体会。

交谈中让别人舒适，是一种修养。

与修养相当的人共处

不管什么时候，我们都更乐意和相处舒适的人在一起。

赫尔曼·黑塞曾说：“人生十分孤独，没有一个人能读懂另一个。”漫漫人生路，能遇到懂你的甚难，但兴许就能在舒适的交谈中找到。

鲁迅碰到瞿秋白时，感慨“人生得一知己足矣，斯世当以同怀视之”。

能找一个聊得来的人，是一种难得的幸福，亦是我们大多数人向往的，正如李白的那句诗“人生贵相知”。

朱军曾问演员王志文：“你到底想找个什么样的女孩？”

王志文想了会儿，回答：“就想找个能随时随地聊天的。”

《欢乐颂》中，在安迪对小邱失业后苦口婆心地劝说无效时，感慨“常与同好争高下，不与傻瓜论短长”。

让人舒适的相处，才会生出渗入身心的愉悦。

等人把话说完，是人的基本素养

更多时候，懂得倾听比懂得说话更重要。

——国馆君按

有人问：什么才是最好的素养？

首先，只要留心生活，你就会发现人缘好的人，通常不是因为他有多幽默、多会说话，而在于他能静静地听完每个人说话。

因此，可以毫不犹豫地说：最好的素养就是等人把话说完。

浮躁是误解的“温床”

美国有位著名主持人，叫林克·莱特，某天他在主持一档节目时采访了一个小男孩，问：“你的梦想是什么？”小孩激动地说：“我想当一名飞行驾驶员！”

林克有意逗他，追问道：“假如飞机在太平洋上空飞行到一半而燃油耗尽时，你怎么办？”“我会告诉我的乘客系好安全带，然后我挂好降落伞跳出去……”

没等他说完，观众和林克都笑了，这真是一个聪明却又自私的小孩，却没想到小孩委屈地补充道：“我跳下去拿燃料，然后马上回到飞机上！”

此时，众人都沉默了。

浮躁，是滋生误解的“温床”，这话，一点不假。

我们总是走得很急，就连在交谈上，也容不下言语的缓缓之势，殊不知，有多少动人的美好都被那浮躁的内心所抹去。

等别人把话说完是一种素养

你之所以会打断别人，是因为你自以为懂得别人的心思。

你猜对了，无可厚非；猜错了，兴许会尴尬到面红耳赤吧。但总而言之，不等别人把话说完便去打断的人，没有素养可言。

网上流行这样一种说法：上帝创造人的时候，为什么只创造了一张嘴，却创造了两只耳朵？是为了告诫人类，要少说多听。没有谁可以忙到连等待别人表达的时间也没有，因此你缺的不是时间，而是素养。

曾有一位已是不惑之年的民间科学家参加了一档科教节目，并大胆地向观众提出了自己关于未来的设想，显然未来的一切幻想都是不切实际的，于是当他说到一半时，便不断受到现场嘉宾评委的嘲讽与打断，场面略显尴尬。

事后，嘉宾评委的行为引来了众多网友的反感，无论是否是公众人物，等别人把话说完，是最起码的尊重，否则，在你急急忙忙地给予他人否定的同时，也在否定自身的形象。

倾听，是一剂情感良药

无论是友情、爱情还是亲情，之所以有人能将这三种最神圣的感情驾驭得至纯至重，离不开倾听的能力。

子期倾听伯牙之高山流水，于是有了知音；三毛与荷西的深情，是六年时间里不断拂面而来的表白；一个教育成功的父母，永远都善于倾听孩子的心声，这样才有平日家庭里弥漫的融洽空气。

德国作家黑塞在《乡愁》里有一句话说："到现在，我逐渐领悟，我只不过是眯着一条缝看世界而已。"我们也许会急于表达、急于否认，但何不让自己舒服自然地，用耐心和时间，去等一个回答呢？

善于倾听的人，便是用无声的言语默默地激励着那些诉说的朋友砥砺前进，它的力量，等同于一个爱的拥抱，强大并且深入人心。

《史记》有句名言说："言能听，道乃进。"认真倾听才能有所得，幸福都与此相关。

有时你会觉得父母长辈太絮叨，便不以为然地敷衍或打断他们说话，但你也许应该反省自己，为什么不能让父母将爱意说完？

朋友、陌生人亦是如此，你给人的印象好坏，不在于你打扮得多精致，而在于你是否能够谦逊待人，善于倾听；反之，那些不等人把话说完便打断的人，身边的人已与他渐行渐远了。

情商高，
就是能控制自己的情绪

没有人有义务承担你的坏脾气。

因此，如果你不懂得控制，那么能力再高也没有很好的未来。

——国馆君按

张飞之死，其实很憋屈：他不是在战场上慷慨赴死，而是被自己的情绪杀死了。

听到好兄弟关羽被害，他首先就抑制不住哀伤，血泪沾襟。随后借醉鞭打士兵，要他们日夜赶造兵器，想要马上为兄弟报仇。最后部下范疆与张达忍无可忍，只好趁张飞又再醉酒时，将他刺杀在军营里。

没人否认张飞能力很大。但能力这么大的人，最后却得不到一个理想的结局。

控制不住自己情绪的人，其实能力再大也无济于事。

最该掌握的能力是控制自己

现代跟古代当然不一样。古代的人优秀如张飞，不懂管理情绪至少还可以上沙场杀敌，只不过结局不一定好。

现代不讲暴力讲脑力，如果让感性情绪控制了理性思维，有可能连混下去都难。

真正优秀的人，以做事为主，伤害大局的情绪摆在一边。控制情绪，才能成就最大的能力。

真正的天才是怎样的

梅西和巴洛特利的差异很能说明问题。

巴洛特利天赋异禀，但脾气火暴。在训练时会与队员内斗，在比赛时会与对手球员、裁判，甚至球迷发生冲突。而梅西则是球场上的谦谦君子。

有人评论说，如果梅西也像巴神一样暴脾气，动不动就骂娘动粗，他一定少不了对方球员的报复加飞铲，最后在一次次伤病中无奈退下神坛。

事实是直至目前为止，巴洛特利还没拿过金球奖，尽管他已经不能再称为神童了；而梅西依然是拿奖拿到手软的天皇。

挥霍情绪十分有性格，但也是在挥霍自己的才华。而像梅西一样的人知道，与其将激情挥洒在外，不如省点力气，想想如何让自己变好。

自信的人，不靠情绪表达自己

能干的人并不是没有情绪，他们只是不被情绪所左右。“怒不过夺，喜不过予”，源于内在的自信与魄力。

《教父》里面有句著名台词：“永远不要让家族外的人知道你的

想法。”情绪易于波动、喜怒轻易形于色的人，与其说是坦率，不如说是缺乏内心历练。

老教父的大儿子桑尼违背了父亲的教条，冲动鲁莽最终被人射成马蜂窝。而小儿子麦克不动声色，凭借自己的判断，在医院保护了父亲，在餐厅报复了凶手，甚至甘愿在离家万里的西西里隐藏经年。

在该隐忍的时候隐忍，在该爆发的时候爆发，是一个人成熟的标志。

再控制不住情绪，也要学着控制

林肯做总统的时候，陆军部长向他抱怨受到一位少将的侮辱。林肯建议对方写一封尖酸刻薄的骂信作为回敬。

信写好了，部长要把信寄出去时，林肯问：“你在干吗？”

“当然是寄给他啊。”部长理所当然地回答。

“你傻啊，快把信烧了。”林肯忙说，“我生气的时候也是这么做的，写信就是为了解气。如果你还不爽，那就再写，写到舒服为止！”

心里产生负面情绪，需要疏导发泄，像林肯就用了写信的方法。

中国古人的境界要高一点，比如孔子，直接就是“恕”字待之，恕己恕人。做不到这么高境界，就找一件心爱的事倾泻所有情绪。

清代作家李渔的方法是写字：“予无他癖，唯有著书。忧藉以消，怒藉以释。”

郑板桥更加直接。当他受官场压迫、郁郁不得志时，就提笔画竹。画完以后，心里舒坦了，画艺也越发纯熟，一箭双雕。

没有人天生就懂得控制情绪。真正能干的人，是时刻留意，不让自己栽在坏情绪中。

你之所以情商低，是因为实话讲太多

说实话是一种良好的品质，但如果总是说实话，就是一种不明智、情商低的行为。

——国馆君按

说实话，被视为是善良的表现。

就像《皇帝的新装》里，那个说穿皇上没穿衣服的小孩子，历来都被人们赞誉为天真纯良的代表。

可是，如果一个人总是说实话，不免显得太过刻薄。

钱锺书年轻时从清华毕业，教授都希望他留在研究院进修，可他居然直言不讳：“整个清华没有一个教授够资格当钱某人的导师。”

后来他要离开西南联大，临走时还要说“西南联大外文系根本不行”，举出几个教授说他们“太懒”“太笨”“太俗”。到最后他跟西南联大也是不欢而散。

（一）

连钱锺书自己都说，当年太狂狷刻薄。

钱锺书虽然才华横溢，但也因为总说实话吃了不少苦头。更不要提一般的人，为了逞一时口舌之快，做的尽是损人不利己的事。

别人家刚出生的宝宝，你非得指出婴儿皱纹多显丑，估计你连满月酒都没的喝。

朋友圈里有人晒个图，你非得指出用过美图秀秀，你说多了人家兴许就拉黑你了。

有人说：情商高就是心里装着别人。

总说出让别人难堪的实情，把别人置于示众的尴尬之下，无论如何也不是心里装着别人的表现吧？

你心里装不下别人，也就别期望别人心里装得下你了。这是等价交换的法则。

（二）

在法庭上，我们总是要讲真话。这没错，而且是必须的。

可是我们的生活并不是法庭，并不需要纤毫毕现，这样的生活太严肃、太累人了。中国人讲“春秋笔法”，这既可用于写文章，也可用于说话，一向是为人处世之道。

情商高的人，把握说实话的分寸，看得穿，不说破，顾全了别人的面子，也成全了自己的智慧。

（三）

就像季羡林先生所说，做人就应该“假话全不说，真话不全说”。

假话全不说，是坚守自己的底线，就像谭咏麟的歌里唱道：“宁愿一生都不说话，都不想讲假话欺骗你。”

真话不全说，是为了保全自身，就像辛弃疾的词：“而今识尽愁滋味，欲说还休。”

同样是钱锺书，年轻时候锋芒毕露，人到中年却懂得了保存真话的奥妙。1957年知识分子“大鸣大放”，钱锺书一句话都不说，结果躲过了后来掀起的政治风波。

谁说不总是说真话就是狡猾？很多时候，那不过是看透世事后的无奈而已。

（四）

逢人只说三分话，未可全抛一片心。真话不可不说，但一定不能说得太过分。其中的分寸掌握，需要生活的历练。

《春秋穀梁传》里说：“为尊者讳耻，为贤者讳过，为亲者讳疾。”这不失为其中一种法则。

静坐常思己过，闲谈莫论人非。面对自己尊重的人，谈论他们羞耻的地方与过错，并不是你的责任。见贤思齐，严己宽人，可不说的还是不要说。

非得说的时候，不要公开说。好事不出门，坏事传千里。真实往往丑陋，顾及别人的名声，真话应该只对当事人说。

即使要说，也要委婉地说。以鲁迅作为例子。鲁迅为萧红代表作《生死场》作序的时候，对小说赞誉非凡。但后来鲁迅说，序言中说小说“叙事写景胜于描写人物”，其实就是说描写人物并不怎么好。

可见，说实话的最高境界，不是总说实话式的刻薄，而是同情他人式的菩萨心肠。

（五）

说话很难，拿捏该说什么话更难。

不说实话未必是袖手旁观，尽说实话也可以是小肚鸡肠。

而无论我们说不说实话，背后的思维都应该是：我们什么时候能不说错话。

你能不能
好好跟亲人说说话

最好的教养，不仅是对陌生人彬彬有礼，更重要的是尊重自己最爱的人。

——国馆君按

很多人的教养都是两面派。在外面和风细雨，在家里大发雷霆；在外面口吐莲花，在家里粗口横飞。

对亲近的人挑剔是本能

平常在外面要装作彬彬有礼，不这样做容易吃不了兜着走。而回到家里，家人成为宣泄的渠道太方便了，不用担责不必避讳，很少有副作用。

《弟子规》里说的“兄道友，弟道恭”，放到古代现代都难做。哪一家的兄弟姐妹，没有在小时候打过架、扯过头发，乃至互相在背后捅过刀子？

连孔子都说“色难”，意思是对家人和颜悦色是很难做到的。小时候习惯了互相不谦让，长大了自然也没有客气的道理。

心结藏于心底，脾气脱口而出

有时在外受气是暂时的，挑剔所爱之人是因为心底的纠结。

李安的电影《饮食男女》描写了父亲老朱和三个女儿的关系，其中他与二女儿的关系尤为紧张。

有一个镜头是女儿趴在桌上睡觉，晨跑回来的父亲拍醒女儿说："跟你说过多少次，趴在桌上睡对你不好。"

睡眼惺忪的女儿马上反驳："医生说跑步对你膝盖不好，那你还跑？"

父女俩的关系就在这样的一来二往中慢慢磨蚀。

女儿经常给父亲脸色看，是因为父亲不准她学厨。近乎抬杠地，女儿也经常挑剔父亲味觉失调，厨艺退步。

总是不给最亲的人好脸色，多半是因为对方给自己的束缚或压力太大，或是自己对对方的希望落空。

中国的家庭关系经常如此。心底有疙瘩，却不容易说出口。日积月累，心结也只能越打越重。

深到骨子里的教养，是尊重自己所爱的人

深到骨子里的教养，是好好对待自己的身边人。因为他们对自己的好，同样是深到骨子里的。

史铁生双腿瘫痪之后，情绪变得喜怒无常，经常对母亲发脾气，倔强地对抗。母亲即使身患肝病，口吐鲜血，心里口里记挂着的还是

自己的儿子。

后来母亲死了，史铁生才幡然醒悟：我是多么希望我的母亲还活着。

“这倔强只留给我痛悔，没有丝毫骄傲。我真想告诫所有长大了的男孩子，千万不要跟母亲来这套倔强，我已经懂了，可我已经来不及了。”

如果我们沦落到要让家人难堪来获得满足，那么我们就是一个大写的弱者了。

有句话说：你永远只能伤害你爱的人和爱你的人。

这是个多少有点悲凉的真理。

可是这句话又反过来鞭策着我们：你最亲近的人，只有你才懂得如何去爱。

有一种有毒的赞美，叫“你很厉害，什么都懂”

如果有人赞你：“你很厉害，什么都懂。”你就要警惕了。有时候，“什么都懂”跟“平庸”，其实是同义词。

——国馆君按

我们的身边，一定有“万金油”一样的人：

他们入得厨房，出得厅堂；吹拉弹唱，无一不通；能聊艺术，能做实业。学什么都比别人快两三步，就像高考状元一样厉害。最起码看起来很厉害。

然而，这些貌似很厉害的人，有个最大的弊端：他们什么都懂，却无一精通。

什么都想学，其实也是一种懒惰

举个可能会伤很多人心的例子：梁启超。

他早年参与政治，几乎在每个社会领域都有参与论战。但胡适是这样评价梁启超的：“才高而不得有系统的训练，好学而不得良师益友，入世太早，成名太速，自任太多，故他的影响甚大而自身的成就甚微……”

梁启超手伸得太长，很多学问都只开了个头就没做下去了。比如他做中国学术史，可只讲到了先秦部分；他做中国文化史，最后只做成了一个序言。

像梁启超一样的通才，在那个年代就是一个行走的百度百科。粤语里面有句话形容：周身刀，无张利。

与其说什么都懂的人很勤奋，不如说这是另一种懒惰：懒得在一种兴趣中深入，于是不断变换方向，挥霍自己的才华。

喜欢的有这么多，真爱到底是哪一个

香港作词人黄霑也是个全才。他早年从文学系毕业，对诗词格律尤有研究。毕业后尝试做广告，鬼马创意不断；做电视台脱口秀节目、拍电影，尺度大开。

他跟一般兴趣广泛的人不同的一点在于，他能够将种种才华荟萃到他最钟爱的事业——填词中来。

豪迈奔放的风格，他写在《沧海一声笑》《上海滩》中；颠覆古典，在《青蛇》插曲《莫呼洛迦》、《射雕英雄传之东成西就》插曲《我爱你》中；幽默趣致，在《倩女幽魂》的插曲《道》中，在儿歌《世界真细小》中……

兴趣太多的人如果不能够将所学的知识连点成线，抓住一点突破，那所有努力就都显得轻飘飘的，提升不起自己的境界。

事实上，要做到像黄霑一样左右逢源，是一件极难的事。

与其做个“万金油”，不如做个“专业户”

一般人的才华都属中等之才，所以也就不必羡慕所谓的“博古通今”了。人显得笨一点，学什么都学不会，但一旦发现自己能做的就欣喜若狂，这也往往可以成就大智慧。

比如导演李安，读书的时候成绩不好，上了艺术专科，却意外发现自己喜欢的居然是舞台表演；数学家陈省身先生，他说自己只会做数学，其他都不会，于是做了一辈子数学……

《荀子》里面说：“今使途之人服术为学，专心一志，思索熟察，积善而不息，则通于神明，参于天地矣。”

只费力做好简单的一件事，时间长了也有经天纬地的神效。所谓的人生成就，其实就是这么不费力。

身处这个时代，每天都有海量信息涌入脑际，激发起人对新鲜事物的好奇，促使我们展开猎奇式的探索。

但正如有人说的：“思想的冗余有时比思想的贫乏更可怕。”我们不必羡慕什么都懂的人，因为他们的思维里有同样多的条条框框。

在纷繁的兴趣中，致力于真正的心头好，其实也是这个时代给我们的考验。

一不小心，
你就被别人看透了

我们真的会被一些细小的行为出卖，而细小的事情，也总是能体现我们的人品。

——国馆君按

唐朝有一个叫吕元膺的名臣，在任东都留守的时候，当地一位隐士曾经在其府上做幕客。有一天，吕元膺正和这位隐士弈棋，忽然有人送来了紧急公文。于是，吕元膺放下棋子去批阅公文。

这位隐士趁着吕元膺批阅公文的时候，偷偷换了一颗棋子，并且最终赢了这一局棋。他以为吕元膺不知道，殊不知吕元膺看得清清楚楚。

第二天，吕元膺就请这位隐士去别的地方另谋高就。所有的人不明就里，吕元膺也没做任何解释。

直到十多年以后，吕元膺在弥留之际，才对自己的子侄们说了这件事，告诫他们交友要谨慎。并说：“本来这件事也没什么可介意的，但却也足见他的心迹可怕。其实我好几次都想说这事儿，但是怕有损他的声誉，让他感到羞愧。我现在快死了，如果还不说又怕你们在这类事情上吃亏。”说完便与世长辞了。

当然，平常一局棋的输赢并不重要，这位隐士也许只是一时兴

起，或者是童心未泯、一个小调皮罢了。即便是他真的在乎输赢，用了这么一个小手段，没有引起什么恶果，似乎也不用过于较真。但也恰恰是这个小事情，暴露了他内心一些自己可能都未曾意识到的阴暗面。

这位隐士到底出于何心换了棋子，已经不重要。在这个故事中，最为重要的是吕元膺所表现出来的善良，以及对他人的尊重。

这种善良和尊重之所以如此难能可贵，是因为它太不容易，我们一般都做不到。

在现实生活中，和大奸大恶做斗争的人不多，但是喜欢揭他人之短的却大有人在。特别是当他人所犯的错误让自己陷入被误解的境地，或者是可以利用揭露他人的错误来彰显自己的高明时，我们更是对揭露别人的过错充满了特别的热情。

但是，吕元膺没有。

偷换棋子这种把戏，现实中相当一部分人会当面拆穿。我们经常看到，因为有人打牌出老千而引发争吵，甚至为此大打出手的情况也并不少见。有时是计较一时的输赢，但更多的时候是因为我们不愿宽容他人的错误。

吕元膺发现棋友作弊却没有当面揭穿，这已经是一种难得的善良和尊重。

后因为此事辞退了作弊的棋友，大家都不理解。如果这个时候，吕元膺向大家说明原委，一般人都不会觉得他斤斤计较、小题大做，反而有可能会赞扬他的睿智与正直。但是即使是自己遭到误解，他也没有揭露别人的过错，并且将这个秘密坚守了十年之久。这尤其难得。

很多事就是这样，本来是正确的，你做了不会有人说你错，但是可能会给他人带来不适。这个时候，做不做，显现的就是人品。

日常生活中，很多事往往很细小，然后恰恰就是这些小事，让我们原形毕露。

我小时候很听话，学习成绩也好，颇受老师喜欢，甚至可以说是偏爱。

读小学的时候，我们的老师都是兼职的，一边教书，一边还种田养猪。经常发生的情况是，讲完课，布置了作业让大家写，老师就下地去了。

有一次老师让大家自习，他则回家去准备晚饭了。老师刚走，一屋的小孩子就如一群早上刚刚从笼子里放出来的鸡，打闹欢腾，好一片热闹景象。

这种情况很常见，包括我也曾不止一次在自习的课堂上打闹嬉笑过。但是那一天，我很安静。看到同桌的小女孩前后左右和别人说笑，我抬手就给了她一耳光。

她哭了，我有些慌张。

第二天上课的时候，老师追究前一天在自习课上嬉闹的同学。问到我同桌的时候，她很委屈。

“某某打我了。”

“他为什么打你？”

“因为我上课讲话。”

“那他打得不对吗？对不对？”

“……对。”

在一旁紧张不安的我，稍微有些侥幸。

这件事很快就过去了。同桌的小女孩照样会在老师不在的时候和同学们嬉笑打闹，包括和我。

小学的时光已经过去了近20年，很多人的脸庞早已模糊，很多人的名字已经忘记。但是同桌那个小女孩的名字，还有她哭泣的样子，我一直记忆犹新，虽然小学毕业以后我们就不曾再见。

每次想到这件事，我都会努力回想，当时到底是出于一种什么心理打了这个女孩。是出于维护课堂纪律的正义吗？是为了让她好好学习吗？是她打扰了我的学习吗？是我本身就是个恶人吗？都不是。

直到有一天我想到了一个非常可怕的答案：那完全是依仗被老师偏爱的一种优越感的狂妄。在我们老家对这种人有一个很贴切的形容，叫作狗仗人势。

小孩子的世界本来是简单而纯粹的，但也会在无意之间暴露出人性丑恶的一面。我们就更不用说，一不小心就会原形毕露。

在评价历史人物的时候，我们经常用一个比例数来衡量他的功过。因为这些对历史进程起到过巨大影响的人物，在风云变幻中大展拳脚，功即为大功，过也是大过，相比之下，其他细枝末节都可以被忽略。

但是，我们生活在今天的和平年代，都过着最平凡的生活。因此我们的善恶往往就体现在了琐碎的日常中。在拥挤的公交车上、在有红绿灯的十字路口、在排队的售票窗口前、在大家的聚会上、在工作的分配中……一言一行，都体现了我们的人品。

本来两个说好要好一辈子的闺蜜，只因有一天她发朋友圈只P了自己的照片，抑或是在公共场合说了某句不合时宜的话，也可能是她在大街上对清洁工某个不尊重的言行，让你从此对她不再有好感，友谊的小船逐渐搁浅，但是她自己却不知道这其中的缘由。

很多言行只是在无意识中表露出来，殊不知我们就在这下意识的行为中被他人看透。逐渐地，我们也在别人的眼中定形，那就是所谓的人品。

一个人的人品是在这个社会中立足最基本的资本。我们只有时刻保持警醒，当心不要暴露人性中恶的一面。

我们也不用担心因为自己的诚恳、厚道与善良而吃亏，时间久了，总会被别人感知到。

所谓嫉妒，
是我不希望你过得比我好

嫉妒的真实含义是：我们容许陌生人成功，却很难接受身边人发达。

——国馆君按

多少人看着朋友圈里别人在晒幸福，心里咕哝的是：秀恩爱死得快。

多少人参加同学聚会，看着昔日的同窗如今飞黄腾达，心里很不是滋味，还信誓旦旦地向自己许诺：以后再也不参加这种同学聚会了。

我们会羡慕赞叹别人的成功，前提是那是陌生人，离我们十万八千里；

而对于身边的人，我们就难免羡慕嫉妒恨。当然，嫉妒甚至是恨才是主要的。

没办法，这就是人性。

自己得不到的，也不希望别人得到

张爱玲成就最高的小说——《金锁记》，写的就是这样的人性。

曹七巧早年嫁入大户姜家，虽然衣食无忧，但她丈夫是常年卧床的病人，无法满足她爱情的渴望。加上她出身低微，性情泼辣，姜家上上下下没什么人看得起她。

一把黄金的枷锁绑在她身上，日子过得十分憋屈。更让人心寒的是，她报复的对象是自己的一双儿女。

女儿长白交了一个好男友，曹七巧居然“不由得有气”，还百般羞辱女儿，最后在人前说自己女儿抽鸦片十年了，硬生生地吓跑了对方。女儿只好“断了结婚的念头”。

儿子长安娶了媳妇，后来纳了丫鬟为妾。曹七巧对媳妇只有冷嘲热讽，结果儿子的正妻禁不住精神压力而死，妾被扶正不到一年生吞鸦片自杀。儿子以后也不敢再娶了。

嫉妒眼前人，是因为觉得不公平：为什么我得不到的，你居然得到了？眼红到一定程度，超越亲情、友情，甚至会发展为具有杀伤性的武器。

最亲近的人，往往是你的敌人

这句话是古龙说的。

自己过得不好，可能是因为懒，该付出的努力没付出；或者是付出了努力，可是因为自己蠢，达不到预想的结果。我们忍受不了亲近的人过得比自己好，就是因为他们无情地揭开了自己的遮羞布。

两个人同处在一个起跑线上，现在一个升腾，一个沉沦，只能怪自己又懒又蠢。

损害对方实际中的利益，或者至少是用精神胜利法，在精神上贬低了对方，才稍微可以满足自己的心理平衡。

嫉妒也有个底线，那就是不能阻碍自己的追求

不管是因为眼红别人而把自己憋成了内伤，还是举起嫉妒的屠刀伤害他人，都不是好结果。

既然是人性，那不论层次多高的人都无法摆脱。但层次高的人，处理起来就是不一样。

在手冢治虫已经封神的年代，宫崎骏以一部《风之谷》惊艳了世人。想当年，宫崎骏还只是神的手下呢。一不小心，当年的战友现在画出了比自己更厉害的作品，手冢大神感到有点绝望。

幸而手冢治虫还有自己心爱的事业。画漫画已经无有匹敌，做电影有点吃力，最终他开创了实验短片的领地。他的短片连获国际大奖，是他人生最后的晚霞。

早早确立自己的人生追求，不为什么，只为了在伤害到来的时候，可以躲进自己的天地里继续挥洒。

你别无选择，又不能把对方灭了

想当年，香港四大天王几乎同期出道，常常同台演出，封王之后旋即横扫歌坛。事过境迁，四王的竞争自然少不了，张学友甚至说过不会再与刘德华同台演出。

但四人现在仍然各自精彩：张学友荣誉称神，刘德华拍电影身家最丰厚，郭富城开始斩获影帝，黎明开公司也开创了一片新天地……

古语有云：“见贤思齐。”最亲近的几个人，是对手，但也正好是学习的最佳榜样。

能干的人，不会让嫉妒的阴火将自己的精力耗尽。认可实现自己价值的努力，挺过了眼红别人的今天，就能迎来被别人眼红的明天。

无法忍受亲近的人比自己幸福，是因为我们渴望幸福。

当我们在抱怨“我最深爱的人，却伤我最深”的时候，其实不是他伤害了我们，而是我们伤害了自己。我们完全可以将嫉妒转化为追求幸福的动力。

这把双刃剑该怎么用，主动权在我们自己手里。

请远离
那些透支人情的人

杀熟只能得一时的利益，人情才是一世的财富。

——国馆君按

不知道从什么时候开始，我们打开微信朋友圈，就会被铺天盖地的广告淹没：食品、化妆品、服饰……眼花缭乱。

当我们满心欢喜地买下其中一件，却发现它并不像朋友宣称的那样质优价廉。我们发现了一个让我们痛心疾首的事实——我们被骗了。

朋友圈原本是朋友分享心情的后花园，如今却成了“杀熟”的重灾区。

这个时代，人情到底有多廉价，才能连熟悉的朋友也可以毫不犹豫地欺骗。只是，这种欺骗又能走多远呢？

中国是熟人社会，老话说“熟人好办事”就是这个道理。从前人们做小本生意，往往就得靠熟人帮衬。

那时人们用的秤杆刻着十六颗秤星，分别代表北斗七星、南斗六星和福禄寿三星。尾端为什么是福禄寿三星呢？因为寓意商贩们给客人称量货物时，短一两则无福，少二两则失禄，缺三两更是折寿。以此劝诫商贩们做买卖要有良心，要对得起乡里乡亲，否则自己也将无福无禄无寿。这是中国人做生意特有的人情味。

时代在变，秤杆已经慢慢退出了我们的生活，可连带着人情味也日渐淡薄。

为什么会出现“杀熟”？因为在有些人眼里已经没有“人情”两个字，生意就只是赤裸裸的金钱交易而已，获利越多越好，管他熟与不熟。谈感情伤钱就是他们的至理名言。

古人早说过：钱，泉也。有源才有流，这个源是什么呢？正是人与人之间的信任，狡诈只能自塞其源。试问世上有多少笨蛋，会选择不断容忍一个不守诚信、欺骗他人的人？

那些把人情当作一次性消费品的商人，自以为聪明，其实愚蠢。

“人情留一线，日后好相见。”人情不断，利益才能源源不绝。这是一个浅显的道理，但仍有人只看到眼前的蝇头小利，不顾后路如何。

他们太小看人情，人情是一种无形的巨额资本，熟人的信任失去之后也再难寻回。“杀熟”挥霍人情，无异于自绝人脉、自断财路。

有一句老话叫：“先交朋友，后做生意。”大商人都知道生意场上离不开人情。

徽商胡雪岩在他的胡庆余堂中挂了块“戒欺”的牌匾，他强调“凡贸易均着不得欺字……余存心济世，誓不以劣品弋取厚利”。“戒欺”是胡庆余堂以“江南药王”饮誉120年的立业之本。

李嘉诚曾说：“我喜欢友善的交易，喜欢人家主动来找生意。我常教育我两个儿子，要注意考虑对方的利益，不要占任何人的便宜。”

古有胡雪岩，今有李嘉诚。不设智巧、不图小利、以信待人，人情才能长久，才能以人情牵住生意关系。

小商做事，大商做人。经商之道其实也是为人之道。

被“杀熟”，我们碍于情面，往往会隐忍不发，但也仅此一次。

不要把人情当成一次性的消费品。要知道，一个成功的商人，经营的往往不是买卖，而是人情。

不要
错把人脉当友情

最纯真的友情，一个眼神即可交流，一句寒暄便可暖冬。

——国馆君按

先来做个小测试：

你把能叫出名字的人筛选一遍，除去酒肉，除去权钱，除去利用，最后留下来的名字，还有几个？

有一个或以上的人，生活定是充满温情；没有的人，则说明要么活得太现实，要么不愿为友情而将就。

其实，很多时候，关乎我们一辈子的友情选择，更讲究缘分。

你们彼此间可能只是可有可无的人脉关系

谈到人脉，也许你现在有个最大的问题，便是对自己的友情太自信，错把人脉当友情。

《三国演义》里的蒋干便是因为对昔日的同窗之情过于自信，从而被周瑜愚弄，误了前途。

书中说道："赤壁大战当前，周瑜正在帐中议事，部下传报'故人蒋干相访'。周瑜闻讯，已经猜出蒋干来意，他眉头一皱，计上心来，连忙吩咐众将依计而行，随后带着众人亲出帐门迎接……"

故人造访，周瑜首先念及的不是彼此的同窗之情，而是"计上心来"，随后装醉昏睡，故意让蒋干盗去事先准备好的假情报，施了一出反间计。

蒋干很冤，他自以为凭着少年时代的友情就可以说服老同学周瑜"迷途知返"，归顺曹操。可周瑜并不为这份老交情买单。

在当下的功利气氛下，有太多跟周瑜一样秉着这种想法做事的人。虽说谈不上为了利益出卖朋友，但起码，你在他们心目中很可能只是一颗无足轻重的棋子。

最美的友情，是冷暖相知

有人说：检验一个好友，不是靠酒后吐真言的表现，也不是靠一个话题能否聊起来的试探。它靠的是当你将最辉煌时刻与他分享时，看他的眼里是否有半点嫉妒；当你将最糟糕的情绪向他吐露时，看他眼里是否泛着泪光。

好朋友之间，心中没有刻意，在一起可以有说不完的话，不说话时两个人也不会觉得尴尬。

作家木心在《文字回忆录》中说："我所知道的，他都看到。我所看到的，他都知道。这是朋友之间最完美的关系。"

在承天寺的那一晚，未寝的怀民恰似有意地等待东坡造访，与之步于中庭后，没有把酒问青天，没有闲敲棋子，只是在彼此境遇落寞的时候能互相陪伴，纯情至极。

其实，真正的朋友，在当初相遇时便被镶上了一种难以名状的缘分，先是一见如故，后是彼此欣赏、冷暖相知。

缘分，是一种很奇妙的美好

我不敢想象若是伯牙那天没有一时兴起跑去高山瀑布边弹奏，那么樵夫钟子期也只是背着一捆干柴径直回家；抑或是伯牙在演奏时，钟子期没有经过驻足，那么乐史上也只是空留高山流水的遗憾。

缘分，是一种很奇妙的美好，你也许等了大半辈子，才等来一个知心的人，但对比如今的“速食”社交，这份美好的友情总比一顿穿肠酒肉的交浅言深来得更深沉与痛快。

禅语曰：“有缘即往无缘去，一任清风送白云。”这讲的是凡事不勉强，来则受之，无则无视之。朋友之交亦如此，刻意的迎合成了抱大腿，不是交朋友；话不投机半句多的则不能将就，与之相谋。

恰恰是那种偶然相遇、欣然相识、坦然相知的人，才是你生命中值得接纳的友情，然而这一切，都值得你为之静待。

无架可吵的人生，该有多无趣

吵架，不是恨的示警，有时是爱的表达。

——国馆君按

连贾宝玉和林黛玉这么亲密的关系，有时也会吵架。

林黛玉就不用说了，分明是尖酸刻薄的个性，贾宝玉也有受不了她的时候：

“我白认得了你。罢了，罢了！”

现实中有多少人际关系（夫妻，朋友，父母子女），从未吵过架、红过脸?

吵架是关系冷热的温度计

如果两人的关系是“君子之交淡如水”，处处讲究克制，运用理性，那这两人即使好也好不到哪里去。

就像林黛玉误会了贾宝玉，他会生气；但如果是别人，如薛宝钗，如他姐姐贾元春，宝玉的态度就是，“别人不知道我的心还可恕”。

有点小争论，爆点小吵闹，是两人感情升温的前兆。

刚结识的两个人，为了保护自己，还会遮遮掩掩。一旦熟络了，就彼此敞开心扉。和你争吵，是在乎你的表现。

如果不在乎，就连争吵的欲望都没有。小说《失乐园》的夫妻状态是这样的：“双方都没有争吵的欲望。……妻子从背后甩了他一句：‘你出去玩我无所谓，只是别闹出什么事来，让人看笑话。’”

吵架也可以是完美的解决方法

著名网红作家周冲曾分析，矛盾有三种解决方法：一则压抑，二则沟通，三则吵架。

在压抑伤身体、沟通无效果的情况下，吵一架舒筋活络、药到病除，除了增进了对彼此的了解，更重要的是，降低了对另一方的期待程度：原来TA也不完美，我完全跟TA是平等的嘛！

因此，不用害怕吵架。小矛盾的爆发是检验两人关系的契机。

《围城》中赵辛楣有一段妙语：“结婚以后的蜜月旅行是次序颠倒的，应该先旅行一个月，一个月舟车仆仆以后，双方还没有彼此看破、彼此厌恶，还没有吵嘴翻脸，还要维持原来的婚约，这种夫妇保证不会离婚。”

争吵是将自己的底牌亮出来，如果对方能接受，一段关系就可因此而深入，也真正可以称为“亲密无间”了。

吵什么不重要，怎么吵才重要

没有吵过架、红过脸的关系只是神话。遇到矛盾，怎样争吵就显示出怎样的修养。

你或者会问：有没有搞错，吵架还能吵得有修养？人一发火，什么脏话都飙出来了，还管什么修养不修养？

钱锺书和杨绛这么恩爱的夫妻，早年也有过争吵，不过他们是为了一个法语单词的发音而争吵。最后他们请了一个地道的法国夫人裁判，杨绛胜出。但杨先生说："我虽然赢了，却觉得无趣，很不开心。锺书输了，当然也不开心……我们讲定，以后不妨各持异议，不必求同。"

这就是高手的吵架。就事论事，对不同意见"各持异议，不必求同"，只要没有到决裂的地步。

就事论事，就是不做人身攻击，动辄就加一句"你这个人，就是这样……"，必定会把架吵死。

我不是鼓动大家吵架，事实上很多关系也是由于经常吵架而被吵死的。偶尔吵吵架，无伤大雅，最重要的是在火气上脑时还能想起这样一件事：

TA关心你，才有心情跟你吵架。

别再说
“我都是为你好”了

这个世界上有一种冷，叫你妈觉得你冷。

有一种“为你好”，叫以爱之名绑架你。

——国馆君按

王朔在他的书中写到过这样一种地道的、有中国特色的妈妈：总希望孩子和大家一模一样地生活，总觉得她有义务指导她的孩子像她那样过“有意义”的生活。大家参军时，也要孩子去参军。大家上大学时，也要孩子去上大学。希望孩子入党，再娶个女党员。什么都考虑得很周到，就是不问她的孩子自己想干什么。

有人说这都是为了她的孩子好啊，关心她的孩子。

但是还有谁比我们自己更关心我们自己、更了解我们自己呢?

“我都是为你好。”

“我不会害你的。”

“我做这些都是为了你。”

这些话相信每个人都曾或多或少听到别人对自己说过，伴随着我们读书、找工作、找对象、辞职、搬家，甚至是一生。大到人生决策，小到穿衣吃饭。

但这些话的隐藏意思是：“我都是对的，你要听我的。”说得好听一点，这叫爱，叫关心，其实，这就是控制，是不尊重。

从爱出发的伤害，往往比直接伤害更加残忍。

身边很多人都曾经抱怨自己的父母替自己安排好了以后的路，考公务员、做什么职业，似乎我们的生活和往后的路被列入了父母的规划大纲。虽然说父母的出发点是好的，因为他们那个时代太苦太累了，想让我们过得好一点，就理所当然地把他们认为的好的方式用在了我们身上，只是他们用错了方式。

他们口中的为你好，在某些程度上抹杀了自由恋爱，抹杀了吃苦耐劳，抹杀了艰苦奋斗，也抹杀了对未来创造的无限可能性。也许在大多数父母看来，适合的婚姻、稳定的工作、平凡的人生，这才是最好的。

但这一切都是别人安排好的，你不曾有过自己的决定，这样的生活你真的喜欢吗？

其实最可怕的事情，不是我们当时的叛逆和“自私”，而是我们不断自我牺牲，去满足所有人的期待，变成他们需要我们成为的样子。

冬天出门聚会妈妈一定要你穿秋裤、大棉袄，因为怕你冷，于是聚会时朋友们都漂漂亮亮，只有你一个人像个粽子；女友为了男友的健康和发展，要求他戒烟、戒酒、戒游戏，于是男友出去跟兄弟见面还要偷偷摸摸；有的学校取消法定假期，因为放假容易松懈学习，因此假期里学生们还得待在学校学习……这是不是为你好啊，是，但你觉得真的好吗？

一个人过度牺牲自己，长期让自己受委屈，既不会让自己感到幸福，也会让身边的人产生压力。

每当有人打着为你好的名义劝告或阻止你做一些事时，如果你不愿意，就会得到“你这样是不是太自私了”的质问。

听到父母或者是朋友、恋人口中说出的“自私”这两个字时，也许我们会反思，到底什么是自私，到底什么又是不自私呢？

如果只是因为我们的所作所为不符合别人的期许，这就叫自私的话，那我的所作所为违背了我的个人意志就叫无私吗？

真正关怀的方式不会以“为你好”开始或结束你们的话题，而是会尊重你的决定。

“己所不欲，勿施于人”我们大家都知道，但是己所甚欲，也要看别人欲不欲啊，可以说与人听，可以做与人看，但切勿施于人。

我们生活在这个世界上，作为一个独立的个体，不是为了成为别人和为别人而活的，每个人的生命都应该有自己的独特性，哪怕对你来说没有意义，但也许对他而言就是全部的意义。

最亲近的人
往往坑你最苦

身边最亲近的人，往往坑我们最深，而我们却不自知。

——国馆君按

虽然我们不愿意承认这个世界太残酷，但是也不得不面对很多时候这个世界不太友好的事实。

害人之心不可有，防人之心不可无，是我们一直奉行的信条。

走在大街上，要防止别人偷我们的手机、钱包；收到信息、接到电话，要防止是诈骗；走在僻静的地方，要防止被抢劫……

坐在办公室里，要防止同事在老板面前说自己的坏话；依偎在爱人的怀抱里，要防止爱人的欺骗与背叛……

防人，已经成了我们赖以生存的一种生活状态。然而，我们却不曾意识到，钱财的损失、一时升职加薪机会的丧失、偶尔情感上的伤痛，这对我们这一生来说，或许不是最重要的。

最重要的是，很多人可能已经妨碍了我们一生的发展，但是我们却不自知。而这些足以影响我们一生发展的人，往往就是我们最信任、最亲近的人。

可怕的是，身边亲近的人对我们的妨碍，我们往往无法察觉。

那就如味道甘洌的慢性毒药，逐渐侵入骨髓，一点一点引我们堕入深渊，直至回天乏术。

更可怕的是，最亲近的人在妨碍我们的时候，总是出于一种主观善意的立场，我们不好逃避，不能苛责。因为里面总是饱含了最为赤诚、最为温柔的情感，是最打动人心的力量。

也许是善意的规劝，也许是无心的嘲弄，也许是真诚的建议，但那都是别人以为正确的，却未必真的是正确的。

“不识庐山真面目，只缘身在此山中。”别人的对错是非，我们往往心明眼亮，身边人的所作所为，我们却时常爱屋及乌，自身受到影响却浑然不觉。

汉武帝临死之时，储君尚幼，于是将江山社稷与幼主一起托付给霍光。霍光作为托孤之臣，忠心耿耿，为王朝政权更替传承、汉朝中兴立下了汗马功劳，位极人臣，显赫一时。

但是，霍光的夫人却骄奢淫逸，胡作非为，不择手段地将自己的女儿送进皇宫，又设法毒死了怀有身孕的皇后。霍家子侄争相效仿她的骄横跋扈。

霍光一生打压了无数为奸为恶的权贵，包括主导立废了昌邑王刘贺，但却没有意识到身边亲近的人的所作所为正给自己招来灭门之祸。

当陈涉坐在田边说“苟富贵，勿相忘”而受到同伴无情嘲笑的时候，如果他立马意识到自己的“错误”，那就没有了在大泽乡“王侯将相宁有种乎”的呐喊，历史上也不会留下他的名字。

“兼听则明，偏听则暗”，兼听而不偏信的前提是必须要有足够独立的人格。

身边最亲近的人，他们的一言一行都在影响着我们。如何甄别其中的对错，如何回避他们的消极影响，坚持走那条真正属于自己的路，是我们应该坚持的信念。

世间最美好的友情，是懂得彼此

俗话说：士为知己者死。

在这个友谊被权欲冲击的时代，真挚朋友的知己之情，更显得贵重。

——国馆君按

鲁迅曾赠予瞿秋白一辞：“人生得一知己，足矣，斯世当以同怀视之。”

知己，正是我们一生中美好的企求，然而，不加以分辨，便妄下心意，亦难免不善而终，落下一个交浅言深的遗憾。

到底，何为知己？

金庸小说中的音乐描写，《笑傲江湖》里曲洋和刘正风琴箫合奏的《笑傲江湖曲》最为精彩。

曲洋与刘正风何人也？正邪两派，百年残杀，却不想这两人抛开立场与身份，在音乐上意气相投，结为莫逆之交。甚至在所谓的正派舆论下，刘正风不顾众派反对，毅然为曲洋辩护：“曲大哥虽是魔教中人，但自他的琴音之中，我深知他品行高洁，大有光风霁月的襟怀。”

这样的友情，总是让人感怀，抛开江湖红尘，不迫于一切帮派压抑，只为一曲无憾事。

真正的知己，愿意无原则地与你站在一道，哪怕在众叛亲离的时候，他也会毅然地选择相信你。

曾看到有句话说：“世间最好的默契，是懂你的欲言又止。”

是啊，曾以为能读懂自己的言外之意之人，也算是默契十足了，其实，随着时间推移，才慢慢发现，这不过是一种聪明而已。

苏学士曾夜游承天寺寻张怀民，在那种寂寥的境遇中，苏东坡最需要的，是一个能懂得自己心中苦闷之处的人。当提及“怀民亦未寝，相与步于中庭”时，那些心中的默契与温暖，足以让东坡遂生感慨，“何夜无月？何处无竹柏？但少闲人唯吾两人则耳”。

人一辈子，苦闷难免，可贵的是，即使不说话，也有人懂你。

竹林七贤之一的阮籍向来是个狂放不羁、不举礼法的人。阮籍母亲去世时，他对前来吊丧的达官贵人均以白眼相向，并在母丧之日喝酒吃肉。虽然这事在当时有悖常情，但只有一个人，带着好酒和长琴，一同来此送别他的母亲。

这人便是嵇康，两人相隔十三岁的年龄差，却成了忘年交。

知己难寻，世上还有人和他一样不顾理法，用美酒和音乐来告慰母亲在天的亡灵。

我们常常为寻找一个真正的知己而精疲力尽，我们亦渴望有一个懂自己的人，能够越过年龄的界限，身份的悬殊，互相吸引，无话不说。

然而，在这个情怀与纯真的友谊被快速消费的时代，虚荣妒忌，尔虞我诈，这些原本用在敌对双方的字眼，却有人将其用在朋友之间以攫取自身利益。

《水浒传》里的林冲与陆谦，他俩原本是老乡，在异地一见如故，各种推心置腹，亲密无间。可陆谦却贪慕虚荣出卖林冲，将一个美满幸福的家庭最终摧毁得家破人亡。最终，背叛朋友的陆谦也死于林冲枪下。

在他们的眼里，友谊不过是换取金钱与权力的筹码。在金钱与权力面前，友谊是那么苍白无力，微不足道。

但是，这样的人生，总归是有些凄惶。夜半梦回时，难免会有些惊慌；面对他人时，总是少了几分坦荡洒脱。

也许正因为如此，我们更觉得友谊弥足珍贵。人生若能与一两好友，在相处时冷暖相知，不虚假做作，那么这个原本凉薄的世界，也多少能添几分暖意，人心也不至于了无期望。

人，总是要活得有些情义的，否则，纵有泼天的富贵，倾世的权势，又当如何？不若月下把酒，共话良宵来得快意。

真正的友情，不必刻意维护

你什么时候才敢不刻意地维护你所谓的友情关系？

——国馆君按

越是到了这个歌舞升平的时代，就越需要有人敢站出来说心里的真话。可惜偏偏这个时候，多数人都开始将面具武装到自己的脸上，做起了一套圆滑处世的学问。

其中，最明显的，就体现在两个人的交情之间。

到了如今，想一下，还有多少人仍然操守着一份干净无比的友谊，将权钱利益抛诸脑后？其实，很多你所谓的人脉宽广，不过是你出自内心的虚荣而刻意维护的一些利益关系而已。

是时候放弃一些无用社交了，毕竟真正有意义的社交，不是彼此之间耍两个嘴皮子和一顿饭就能锁定的。

三国时期有个狂放不羁的才子，是“竹林七贤”之一的人物，叫嵇康，很多人对这个人的了解，也许只止于他与绝唱《广陵散》的故事。

其实，他还给自己曾经的至交写了一封绝交信，也许他当时只是想认真地与看不惯的朋友绝交，可未曾想到这封信名传千古，简直成了后人写绝交信的不二模板。

信中说：“闲闻足下迁，惕然不喜，恐足下羞庖人之独割，引尸祝以自助，手荐鸾刀，漫之膻腥，故具为足下陈其可否。”

其大意是：最近听说您升官了，我感到忧虑万分，恐怕您自己不好意思独自做官，于是想要拉我当您的助手，正像厨师羞于一个人做菜，非要拉祭师来帮忙一样，这等于使我手执屠刀，也沾上一身浑浊的腥臊气味，所以特意向您陈说一下可不可以这样做的道理。

虽是只言片语，但却无不显露出嵇康为人的耿直，遇到一言不合的人，哪怕是曾经的至交，也不顾面子，直陈内心之所想，斩断关系线，做了一个忠于自己内心的决定。

老陕作家陈忠实在《白鹿原》里写过一句话：“朋友，宜删繁就简。”

我们奔波劳碌，应酬交际，应该是结识了不少各行各业的人，其中不乏真正有价值、有思想的人，也不乏一些酒肉朋友。如此下来，人只会过得越发力不从心，因为，你需要维持的表面关系，太多了。

这个时候，不妨学学嵇康，道不同不相为谋，既然不是一个道上的，也就没有必要让自己活在这样的人际忙碌状态下。

成年人的友情，不妨做个减法。

有时候，你越刻意去维护一段感情关系，就越昭示着这段关系不值得你去刻意。

世间最好的友情关系，在一个“懂”字。

何为“懂”？即你们身处不同的地方，过着不一样的生活，有着不同的遭遇，但这并未阻止你们之间的那份旧情。但遗憾的是，多数人因为如此而让朋友之间的关系渐渐变淡，最后，你们彼此间，也可能只成了一个微信好友。

陈佩斯就曾经这样评价过自己与朱时茂的友谊关系："从来都不会想起，永远也不会忘记。"不会想起，也不会忘记，其实，这样就足够了。

因为，你们心里都明白，彼此有着不一样的生活，有着不一样的事业与家庭，并不需要刻意联系去维持这份感情。直到一方遇到麻烦时，也无需多说，一个电话就可以为你奋不顾身。

带着博弈心态去交友，并不能为你增值，你最需要做的，是当你打开手机通讯录时，看看有哪些你愿意与之相聚的人，除去之后，剩余的一切，都可以选择不去将就。

因为两个人在一起相处，要的不是尴尬和刻意，而是舒适和随意。

你以为找到了真爱，结果别人转身拔了刀

无论世道如何变迁、轮回，最难变的是人心、人性。

一切违背人性的，都恐难长久。

——国馆君按

齐桓公是春秋时期第二个称霸的诸侯。在他的手下，有易牙、开方、竖刀三位宠臣。

齐桓公称霸以后，随便说了一句：“尝遍山珍海味，唯独不知道人肉是什么味道。”易牙就回家把自己的儿子给杀了，做成菜献给了桓公。

竖刀为表示自己的忠诚，将自己阉割成宦官，以便近身服侍桓公。

卫国太子开方作为卫国的人质到达齐国后，见到齐桓公，当即表示愿意为桓公服务，随即抛妻弃子，父母死后也不回国奔丧。

此三人，齐桓公以为是对自己最忠诚的人。国相管仲临死前，齐桓公询问这三个人是否能继任相位，管仲告诫齐桓公说：“不可以。杀死自己的儿子，损害自己的身体，离开自己的亲人，这都是违背人性的事情。这样的人，如何能够委以国事呢？”

齐桓公不听管仲的劝诫。管仲死后，重用易牙、竖刀、开方三

人。结果在桓公病后，三人遂作乱，将桓公囚禁，活活饿死，死后三个月无人收尸，以致蛆虫满地。

春秋后期，在南方的吴越也先后雄起，成为春秋赛场上最后两个霸主。

公元前494年，吴王夫差大败越王勾践于会稽山。面临亡国之灾，勾践用大量珍宝、美人贿赂吴国重臣太宰伯嚭，忍辱负重向吴国求和。

吴王夫差赦免越王勾践以后，勾践开始了自己长达20年的卧薪尝胆的生活。不仅如此，勾践还亲自到夫差的王宫中，做了一个马夫。

有一次，吴王夫差病了。勾践亲自观察了夫差大便的颜色，并尝了味道，随后向夫差报告说："恭喜大王，大王的病很快就会痊愈。"

吴王夫差因此觉得勾践比自己的儿子更为忠诚，于是特赦勾践回国。

殊不知，20年后，勾践东山再起，大败吴军，直至灭国。吴王夫差乞求勾践留自己一条活路而遭到拒绝后，只好自杀。

在绝大多数时候，无论是面对爱人、亲人，还是朋友，我们都期待对方能够为自己付出更多。因为，我们很少会拒绝被感动。

别人对我们的付出，如果超出常情常理，我们往往会更加感动，因为那意味着更难得，更值得珍惜。

但是，我们是否想过这样一个问题，那就是我们是否愿意为这份超常的付出而承担不一般的后果?

无论世道如何变迁、轮回，最难变的是人心、人性。一切违背人性的，都恐难长久。

一个人肯为你付出生命，这固然让人感动，但是恐怕所渴求的回报也超出了常理。当付出与回报无法平衡的时候，这一切将会带着伤痛终结。

甚至也难免会有勾践、易牙一样的人，非一般的付出，背后一定有非分的奢望。

我们总是感叹，千金易得，知己难求。于是我们羡慕古人刎颈之交的忠义。但是设想一下，如果真的有一个朋友为我们抹了脖子，那八成是心理有点疾病。

中国的男人们总是遇到这样一个难题："我和你妈掉河里了，你先救谁？"这个题目之所以要了人命，就是因为它将人性陷入了两难的绝境。

我们总说，平平淡淡才是真。什么是平淡？就是一切都在人性的范畴内，不刻意，不做作，有瑕疵，不完美。这就是人性。

悟透了人性，就会对别人少些苛责，多些包容；就会少一些蒙蔽，多一些淡定与从容。

第五章

不慌张的能力

气质永远是超越美貌的存在

气质，是一个人最好看的样子。

——国馆君按

微信圈里广泛流传的，是《外在不好看，谁TM想看你内在啊！》之类的文章，理直气壮地堵死了一心只靠才华吃饭屌丝们的逆袭之路。

然而在这些文章背后，其实都隐藏着一个价值观：

你需要将你的内在气质，化作你的颜值表现出来。因此，不管你颜值高还是低，决定你人生境界高低的，最终还是气质。

人人都有外在，但并非人人都有气质

“气质美如兰，才华馥比仙。”《红楼梦》里的十二金钗，个个艳绝，“气质”这个词，曹雪芹却只给了妙玉。

并不是林黛玉、薛宝钗这些人够不上气质，而是妙玉最能体现气质。

妙玉不多话。根据刘心武先生统计，在她登场的那一回，她也就说了十二句话，却已经道尽了她的气质：

饮茶，她说“一杯为品，二杯即是解渴的蠢物，三杯便是饮牛饮骡了”；冲茶的水，她一定要用梅花上收的雪水，还敢骂黛玉是个“大俗人”。

后来林黛玉和史湘云联诗，妙玉力压二女，不声不响地就把她们的残诗收了个漂漂亮亮的尾。

论家世、论艳丽，妙玉比不上贾府里的小姐们；可是不论宝玉、黛玉还是湘云，都对她青眼有加。

因为她散发出的，是自然不做作的气质。气质看不见，但一举手、一投足、一张嘴，无不投射出来。

气质的修炼，需要时间的萃取

黄晓明在《中国合伙人》里演的是俞敏洪的角色，可是俞敏洪曾经公开表示：“电影男主角非常英俊，但也有遗憾，没把我的气质演出来。”

人是如何说话、如何动作的，这些都可以模仿，甚至连样貌都可以通过化妆补齐。但气质，是历经岁月冲洗后沉淀下的对生活的态度和信仰，如琥珀一样只能是时间的结晶。

就像妙玉，她的家世背景充满凄楚：原本她也是大户人家，可是多灾多难，几岁就被迫在寺里带发修行，陪着她长大的是青灯古佛，以及清心寡欲的修行者。

自小生活得精致，自然不会委屈喝普普通通的茶水；自小听惯了梵音佛语，自然不会对粗俗不堪的生活妥协。

没有一种经历是毫无意义的。人的气质，就是在时光中被打磨出彩的。

人最大的名片，是你的气质

人的美貌终将褪去，青春也会散场，总有一天你要离开自己的身份和地位。这时，只有自己的能力能陪伴自己终身，而人最大的能力，其实是他的气质。

奥黛丽·赫本的演技其实也不是很好，原本也是靠美丽如公主般的容颜获得了关注。可是当她老了之后，她依然被称作是“降落人间的天使”。那是因为当红颜开始褪去，她内心的气质真正散发出来了。

她从小喜欢小孩子，也为自己曾经失去父爱、怀孕失败而怀着终生的哀痛。因此，她选择的补救方式，是救助贫苦的孩童。救助到什么程度？连她自己胃痛都不愿意让孩子知道，怕他们担心。最终憋出了癌症。

如果每个人都有一张名片，那么名片上始终写着的，就是你的气质。

曾国藩说：“人之气质，本难改变，唯读书则可以变其气质。”

人的一生很短，有时穷尽一生之力也所获寥寥。读书可以“变化气质”，因为书可以扩展一个人的生命履历。好书都是作者的生命体验，如果我们用心进入，也可以得到相同的精神体悟。

“读书明理”，这句话没错。人与禽兽，食色性也，差异其实很小。

但如果通过读书得来了那么一点气质，人比禽兽就多了许多灵性。

人品，是比智商还要重要的能力

我们无法解决的很多困惑，看似是能力问题，其实最后都是人品问题。

——国馆君按

人的能力决定了他一生走得有多快，而人品则决定了他一生走得有多顺。

只有能力而没有人品的人，走得再快终逃不过扑街的结局，侥幸成功也无法使众人心悦诚服。

口碑是怎样被败坏的

郭沫若这样的学者，论学问一流，但论人品实在太差。

他早年成亲，觉得新娘不美，五天之后离家去日本留学，原配夫人只得苦守在郭家，形同守活寡；在日本时娶了当地女子，对方为了他与父母断绝关系，后来郭沫若不辞而别；回国后加入共产党，不到半年看见中共在时局中举步维艰，他自动脱党；后来在“文革”中即席献诗江青，歌颂红卫兵的暴虐，打压异己文艺人士……

鲁迅当年就说过郭沫若等人是“天才+流氓”，胡适评价他“反复善变”，都不是什么好评。

再大的功名总会雨打风吹去，唯有人品口碑长留于天地，可不慎与?

能力不够，人品来凑

本身能力足够的人，也许可以单打独斗。而对于资质一般的大众，恐怕最重要的能力就是自己的人品了。

在金庸小说的男主角里面，郭靖是最特殊的一个——只有他被描述得笨嘴拙舌，一点脑细胞都没有。论资质他比杨康差了何止一百倍。可是最后学得上乘武功的是他，而不是杨康。

也没别的原因，纯粹因为他人好。

由于他听话，学到了重阳首徒马钰的内功修炼方法；由于人品超好，黄蓉喜欢上他，然后帮他以美食留住了洪七公，学了降龙十八掌；在桃花岛上他救了周伯通，周伯通不仅和他结拜，还把自创的空明拳、左右双手互搏教给他，甚至把九阴真经也让他背了。

人品好的定义很简单，就是善待周围的人。因为你永远不知道激发你潜能的那个人什么时候会出现。

古语有云：“吉人自有天相。”因此，当自己能力不强的时候，就尽量做个好人，准没错。

物以类聚，人以品分

你是怎样的人，自然会招来怎样的朋友。因此，人品差的人结交的大多不是什么好鸟。

像秦朝时候的李斯，写文章数一数二，但人品太差：因为妒忌，他杀了自己的师兄韩非子；因为自私，他篡改秦始皇的遗诏，杀了扶苏和蒙恬，立花花公子胡亥为帝。与他合作的，是同样道德败坏的赵高。

等外敌全部铲除了，赵高索性把李斯一并处理了。李斯以为自己是死在赵高手上，其实是死在自己的人品上。

再讲个现代的故事。

俞敏洪多次说自己是个没有显性领导力的人，但“在这些朋友的心目中一直是一个好人”。

从中学开始他就喜欢为同学们服务：扫地、帮同学做作业、背书包……上了北大，他一个人扛全宿舍的凳子去占位置看电影，一个人包办了宿舍打水的工作……

新东方三剑客的其他两个，就是俞敏洪当年的大学同学。俞敏洪这样总结自己的好人行为：

“做这些事情好像挺亏的，其实不亏。为什么？当你未来真的想要做事情的时候，你就非常容易赢得你周围朋友和同学的信任。”

也许我们成不了什么大人物，也许我们并不会名垂青史。

但做个好人，至少可以让自己在有生之年，每天都遇到欢笑的容颜。

有一种生活的能力，叫删繁就简

你过得不好，是因为你想要的太多。

不妨学学古人的处世智慧，“删繁就简三秋树，领异标新二月花。”让人生轻盈起来。

——国馆君按

我国近现代绘画大师齐白石老人有一幅画叫《几树寒梅带雪红》，画中只有几枝枯瘦清雅的枝杈，伸向白雪皑皑的世界。枝杈上缀了几朵开得绚烂的梅花，它无惧严寒与冰霜，芬芳的清香盈满了整个银装素裹的世界。画面看似简洁而清淡，却有着丰富而生动的意境，品之韵味无穷。

艺术作品需要删繁就简，才能凸显其饱满的精神本质，蕴含其间的光芒也才会闪现出来。而人生，也是如此。

你过得不好，是因为你想要的太多

我们总是能听到一些人抱怨，生活过得不好、工作不快乐。即便已经过上了别人羡慕的生活，有洋房小车，工作体面或事业有成，依然感觉不尽如人意。

而归根结底，你过得不好，是因为你想要的太多。

正如知乎上看到的一句话：“欲望太多，成了累赘；追求太多，成了幻想。你之所以过得不快乐，是因为你总想要得更多。”

你的生命就是你的作品，人生也需要删繁就简。

19世纪中叶，美国作家梭罗在厌倦了金钱和世俗的喧嚣后，选择了在距离康科德两英里的瓦尔登湖畔隐居。他在宁静的林子中自建了一间小木屋，过了两年的田园生活。

这让他真正回归了自我，变得更加从容自在。他享受这样简单而自然的生活，感悟生命的真谛。举世闻名的著作《瓦尔登湖》也便是在这样的生活与心境中写成的。

他说：“我愿意深深地扎入生活，吮尽生活的骨髓，过得扎实、简单，把一切不属于生活的内容剔除得干净利落，把生活逼到绝处，简单最基本的形式，简单，简单，再简单。”

长风浩荡，田野旷人稀，唯有留下坚韧的精神内核，人生才会变得更加丰富而自在。

删繁就简，是一种豁达的人生态度。

我国大文豪苏轼的一生经历坎坷，几经宦海沉浮，陷入政治的黑暗旋涡中。但世情的冷暖、困苦的人生，并未磨灭他旷达的人生态度，反而让他转向了对生命意义的思考。

删繁就简三秋树，他选择了放下生命的累赘。他放下了外在的浮华与虚无，放下了生命中的烦忧。

在逆境中，他依然笑对人生，坚守追求美好人生的信念。他在自然山水间尽情欢歌，寻觅人生的真谛，也写下了不少流传千古的经典诗词之作。

他豁达的人生态度，就像他在《定风波》中写的那样："竹杖芒鞋轻胜马，谁怕！一蓑烟雨任平生。"

人生在世切忌随波逐流。在纷繁复杂的世间行走，我们需要拥有超越物质之上的精神大美。那么人生就需要做减法，剔除诸如贪念、嗔痴等多余的枝杈，使其趋于简明而澄澈。

删繁就简，是一种处世哲学，一种快活人生必备的能力。而这我们可以在生活中修行习得。无论身处何时何地，面临何种人生际遇，我们可以学着放下执念与虚妄，让清宁的天空、诗意的远方常驻心间。

这会让我们有勇气抗住流年、耐住寂寞，面对诱惑也有足够的定力以应对。

大道至简，心静如流泉。你若简单，你看到的世界也是简单的。

那么你的人生也会如草生堤堰般，沉静而从容，如此方能拥有人生的乐趣与大自在。

有一种智慧
叫把蛋糕留给别人

也许是现实过于残酷，所以我们总是更愿意牢牢抓住眼前的利益，唯恐它在我们疏忽的瞬间就流失了。

其实，偶尔松开手，也许后面还有更为广阔的世界。

——国馆君按

一个传国玉玺，暴露了各路英雄的智商

在东汉末期，群雄逐鹿，将好好的中华大地折腾得支离破碎。各人凭借自身实力强弱，分得地盘大小不一。

当时势力最大的是著名的四世三公之家——袁家，袁绍和袁术作为根红苗正的官二代，自然有自己的一方势力。

各路诸侯讨伐董卓时，火烧咸阳宫，在一片混乱之中，孙坚发现一口井上飘荡着五彩祥云。于是让人打捞井底，捞出一个宫女的尸体。

宫女脖子下挂着一个锦囊，囊中有一个精制的匣子。打开匣子，孙坚傻了眼。匣子里装的是大家日思夜想的传国玉玺。

拿到玉玺的孙坚决定秘而不宣。他企图以身体不适为由退出讨伐董卓的队伍，准备回老家另作打算。但天下没有不透风的墙，孙坚获得玉玺的事情很快被其他诸侯所知。

后来孙坚战死，袁术趁机拉拢了他的长子，也就是孙权的哥哥孙策。好心收留是假，想夺玉玺是真。

孙策以传国玉玺作为抵押，向袁术借了一队兵马。孙策带着借来的兵马平定江东，就是后来三国鼎立时期的吴国。

而袁术得到玉玺之后，立马就迫不及待地自立为皇帝。

袁术称帝之后，立刻遭到了包括他自己的哥哥袁绍在内的各路诸侯的围攻，加上自己穷奢极欲地作死，很快就土崩瓦解，呕血而死。

同样都手捧传国玉玺，孙坚希望秘而不宣，然终不免杀身之祸；孙策用来换了兵马，成了一方霸主；袁术迫不及待称帝，被群殴致死。

面对帝位，曹操做出了完全相反的抉择

三国后期，三足鼎立的局面形成，曹操统一北方半壁江山，刘备偏安西南一隅，孙权雄镇东南。

后孙权打败关羽，夺得荆州，长达十余年的孙刘联盟破裂。这时的孙权意味着将同时面临刘备和曹操的压力。

于是，孙权给曹操上书称臣，并极力奉劝曹操废汉称帝。曹操看了孙权的信之后，将其出示给群臣，说："孙权这小子是要将我放在火上烤啊！"

虽然当时曹操很多臣属也极力怂恿曹操废汉自立，但是曹操最终也没有动摇。直到死，他依然是东汉的丞相，被皇帝封的魏王。

孙权很聪明，他上书表示愿意奉曹操为帝，不仅仅是表达了自己和曹操结盟的诚心，以便自己一心对付刘备。更为重要的是，他希望将曹操置于弑帝自立、乱臣贼子的地位，从而引起他们内讧。

当然，曹操更聪明。其实当时的政治格局已经十分明朗，曹操也完全具备称帝的条件和资格。不是曹操不忠君爱国，而是当时的汉朝实在是后继无人，已经丧失了执掌江山的能力。

但是曹操始终没有称帝，为以后西晋政权的建立奠定了坚实的基础。

都是左右时势、有“包藏宇宙之心、吞吐天地之志”的一代枭雄，同样面临帝位的诱惑，有人含恨而终，有人称霸一方，还有人为一代政权奠定了基础。

为什么？

眼光长短不同，审时度势的格局不同，面对诱惑的取舍不同。

有一种智慧叫把蛋糕留给别人

两个饥饿的人去吃饭，主菜之前上了蛋糕甜点。一人狼吞虎咽、风卷残云，三下五除二把蛋糕吃了个精光，另一人含笑不语。等主菜上来之后，一人发现腹中空间已经所剩无几，只能眼睁睁地看另一人大快朵颐。

很多时候，把蛋糕留给别人，并不是简单的“赠人玫瑰、手有余香”的修养，而是一种生存和竞争的智慧。

然而，我们似乎更习惯眼明手快地抓住眼前的利益，生怕落人之后。可能因为只有手握实实在在利益的时候，我们的心里才踏实。

所以，我们斤斤计较、尔虞我诈，为了蝇头小利，不择手段。然而，我们也总会看到有人在一旁含笑不语。

直到有一天，我们发现自己依然碌碌无为，为了眼前苟且的生活俯仰挣扎，而有的人已经到了远方，气定神闲，阳光灿烂。

无知
比愚蠢更可怕

每个人的知识都是一个独立的体系，自己容易陷入这个体系中不能自拔。

——国馆君按

18世纪末，英国派乔治·马戛尔尼伯爵访问中国，向清政府当局提出通商贸易的要求。在谈判后，乾隆帝在给英国国王的回函中这样写道：

“天朝物产丰盈，无所不有，原不藉外夷货物以通有无。特因天朝所产茶叶、瓷器、丝绸为西洋各国及尔国必需之物，是以加恩体恤，在澳门开设洋行，俾得日用有资，并沾余润。”

大概意思是：“本来我大天朝什么都不缺，完全没必要和你们这些蛮子互通贸易，但是可怜你们，朕就特加恩惠，赏你们口汤喝吧。”

乾隆老爷子坐在大天朝第一把交椅上，整个世界都在他的俯视之下，本以为这话说得得体、硬气、倍儿有面子。殊不知，丢人已经丢到了地球的另一端。

18世纪末的英国，政治上完成了资产阶级革命，经济上发生了产业革命。自动织布机的发明、蒸汽机的改良，使英国的经济生产已经步入机械化时代，而中国还是一个刀耕火种的农业大国。

英国来找满清政府通商的真正目的在于打开中国市场，倾销商品，赚取白银，同时获得廉价的原材料。而乾隆帝却天真地以为他们是来乞讨的。

以为自己是宇宙的中心，殊不知成了世界级的大笑话。

有一次苏东坡去拜访当朝宰相王安石，恰逢王安石不在。苏东坡在王安石的书房等候的时候，看到书桌上有一首只写了开头两句的“咏菊”诗：

“西风昨夜过园林，吹落黄花满地金。”

苏东坡看后不以为然，以为菊花傲立瑟瑟秋风之中，纵使叶干枝枯，也不会见花瓣散落满地。于是仗着自己才学满腹，提笔续写两句：

“秋花不比春花落，说与诗人仔细吟。”

后苏东坡被贬黄州做了团练副使。一年后逢重阳佳节，他在后院赏花，但却见到菊花树下，满地花瓣，犹如黄金满地，却无花朵挂枝。此时的苏东坡才意识到自己曾经是多么鲁莽。

本来要一展才华，却落了个丢人现眼，而自己还在暗自得意。

庄子说：“吾生也有涯，而学也无涯。”孔子说：“知之为知之，不知为不知，是知也。”对于每个人来说，知道多少，是相对的；而无知，则是绝对的。

我们都是坐井观天的那只青蛙，不同的是可能井口的大小有所区别。

然而，或许是为了显示自己的智慧，或许是为了掩饰自己的无知，也或许是身在其位不得已，很多时候，我们不懂装懂、随声附和、装模作样。

更为甚者，还时不时要好为人师，以为自己是过来人，是救世主，还要充分发挥主人翁责任。

于是，我们习惯了沉浸在曾经的经验和现有的局限中而不自知，不断去教导别人、批评别人、俯视别人、鄙薄别人、嘲笑别人，从中找到自己高高在上的优越感。

既然在浩瀚的知识面前，我们都是井底之蛙，而且是待在不同井里的青蛙，那每个人看到的天空就应该有所不同。

无论我们自己的井口有多大，我们看到了多大的一片天空，那都不可能是整个宇宙。

所以，不要以为除了自己别人都是脑残，也许别人只是看到了我们在自己的井里没看到那片天空罢了。

既然如此，先不说每个人自己才是人生的主人，其他人的意见都仅供参考。单从客观正确性来说，也值得商榷。

因为每个人蹲在自己知识的深井里看到的天空不同，必然会造就每个人不同的特质。这样，我们引以为傲的经验，对别人来说也许一文不值。

更为重要的是，我们忙着对别人指手画脚的时候，往往不是彰显我们多么渊博，而是恰恰暴露我们有多么无知。

放心，你没你想象中那么不堪一击

命运赋予我们的生命以灾难，也一定赋予我们——对抗灾难的能力。

——国馆君按

可怜之人，也有可畏之处

小说《月亮与六便士》里，查理斯先生为了追寻理想，不辞而别，离开了自己的家庭。

妻子一直在家里养尊处优，没有任何特殊能力。可是，就当众人都觉得这个可怜的女人往后的生活肯定不成体统的时候，她这样活过来了：

她开始学速记和打字，靠之前认识的作家朋友接下了不少活儿。结果，许多年后，她已经拥有了自己的事务所。

当她得知离家出走的丈夫在巴黎过得不好时，她说出了这样的话：

“如果他的生活真的贫困不堪，我还是准备帮助他。我会给你寄一笔钱去，在他需要的时候，你可以一点一点地给他。”

妻子的表现，让每一个读者都很震撼。她让我们看到的是一个柔弱的人，如何靠自己的努力实现了逆袭，将生活打过来的耳光还了回去。

没有人永远是弱者

无可否认，生活中有些人天性坚强，有些人温柔软弱。然而更加不能否认的是：每个人都有成为强者的潜质。

柔弱的人之所以到现在还显示不出其强大，只是因为生活的舒适还没有褪去，没有一种绝境逼他将潜能激发出来。

因此，丈夫没了，查理斯太太被逼着改变生活习惯，终于能独自面对生活；建筑文物快要被强拆，一向温婉的林徽因也不得不指着北京市长的鼻子痛骂；“文革”中钱锺书被诬陷，优雅柔弱的杨绛像母狮一样，跺着脚为丈夫辩护，和别人争得面红耳赤……

所有的坚强都是脆弱变成的。我们并不缺乏强大的能力，只是缺乏强大的时机。

柔弱胜刚强，需要慢慢熬

老子说：“以天下之至柔，驰骋天下之至刚。”没有形态的水之所以能够穿透刚强之物，靠的只是日复一日的韧劲。

在长年累月与困难斗争的过程中，没有什么人能帮得上忙。守得住寂寞、享受独处的时光很重要。

弱小和强大之间，就差了一段独处的时光。

曾国藩曾经说："慎独则心安。人无一内愧之事，则天君泰然，此心常快足宽平，是人生第一自强之道。"独处的时候谨慎对待自己的内心，修炼自己的定力，可以看书，可以打坐，认清自己的本性，认清自己可以在任何灾难面前处变不惊。

时间是强大的催化剂

当你历尽千辛万苦还是无法战胜困难，那么就顺其自然，时间会帮你解决一切。

就像《射雕英雄传》里《九阴真经》的作者黄裳，没写出《九阴真经》之前，他单挑各大高手，被逼得躲在一个荒凉的地方几十年，硬生生地把他的对手全都熬死了。他重出江湖，自然就是天下第一。

没有什么能够经得起时间的淘洗，留下来不死的就是胜利。这就是能力。

因此，船到桥头自然直。如果不直，那就把自己掰弯。总有熬过去的方法。

尼采有句名言：杀不死你的，将使你强大。人的能力，其实是在面对种种委屈、面临种种绝境中被撑大的。

放心，其实你没你想象中那么不堪一击。

别说
你的生活不容易

谁也不会比谁过得更容易，我们其实也不必装成过得很好。

——国馆君按

我们大概都产生过这样的疑问：是不是只有我过得不好？

朋友圈里世界各地的旅行照片，和名人的合影，夜半的美食……每个人分享着他们的热情、快乐、新鲜体验，同时也带来了许许多多的阴影——它时刻提醒着你缺少什么。

但也有人说，谁也不会过得比谁容易，看起来比你幸运多的人，未必过得有你快乐，说到底，谁过得容易呢？

小有小的难处，大有大的难处

《红楼梦》里王熙凤有一句名言：“虽是轰轰烈烈，但是大有大的难处，说给人也未必信。”

贾府表面上轰轰烈烈，建大观园，极尽奢华，一顿螃蟹宴就可以用去庄稼人一年的花费。而实际上进账的银子却很少，再加上人多嘴杂、家长里短，甚至会为一碗鸡蛋羹闹起事来。

钟鸣鼎食之家尚且如此，普通人的生活可想而知。

朋友圈里都仿佛人生赢家，但难免有时候需要强颜欢笑，谁都会认为辛酸只是一时，忍忍就过去了，何必要诉苦呢？

但若以为只有自己过得不好，心有不忿，就太不值得了。

成年人的生活里没有“容易”二字

有人说，之所以大家不比惨，是因为一说起来，烂摊子数不胜数。

钱锺书的《围城》写的就是这样一个故事：一群海归的高级知识分子，家里都有头有脸，在文化圈小有名气，按理说应该算是人生赢家了。

但是《围城》里所写，他们的人生也无非是一些兵荒马乱、鸡毛蒜皮，海归博士的文凭原来是假的，和丈母娘相处是不容易的，结了婚以后夫妻的骂战……

任你有许多智慧，还是抵挡不了人生里各种阴差阳错、期待落空、伤心踌躇。

谁都不会比谁过得容易，人生不如意事常八九，既然说也说不完，不如还是说快乐的那一二吧。

能收拾好情绪，也是一种修养

年轻时我们愤世嫉俗，看不惯别人明明碌碌无为，还要安慰自己平凡可贵；看不惯别人还未努力，就先被自己感动；看不惯掩饰、浮华、虚荣、炫耀……

其实，每个人只是选择让自己体面的生活方式而已，落魄的郭四小姐，艰难岁月里在煤球炉上蒸蛋糕，看书的时候用镊子翻书，含着笑，依然可以觉得自己是贵族。

我们没必要去拆穿，落魄贵族脆弱的自尊，北漂青年只有一腔热血的梦想，还有每个成年人尽力保持的微笑。

而你若能随时随地收拾好自己的情绪，也是一种本领。

我们其实不必装成过得很好

林夕写过一篇文章，说炒股的人没有安宁，因为股票的升跌使人心在贪婪和恐惧中流动。

老子说"宠辱若惊"，就是这种状态，升也惊，跌也惊。内心这样惊涛骇浪，倒不如豁出去吃餐肥牛肉的好。

如果我们依然还在伪装，还在比较，还在担心每个人背后是否怀着同样的难处，恐怕内心还是不得安宁。

不拆穿他人的伪装，是慈悲，但放下自己的伪装，是安乐。

如果有些烦恼不能掩藏，那么简单地说出来也无妨，如果真的过得糟糕，承认又如何?

不在意外界的宠辱，接纳当下，拥抱真实，赚回来的快乐，或许比假装的还要多。

你没有可爱之处，
便没有人来爱你

人最可贵的特质，是那份自然流露的真性情。

——国馆君按

春秋时期的齐国名将邹忌就说过："那些夸我美的人，要么是宠爱我，要么是畏惧我，要么是有求于我。"（臣之妻私臣，臣之妾畏臣，臣之客欲有求于臣。）

换句话说，除了自家人，其余那些愿意靠近自己的人，多半带有某种目的性。

这并不是想告诉你靠近你的人有多么居心叵测，而是当你自己都不认可自己有什么能吸引人的特质时，对待他人献来的殷勤，不妨高冷一点。

相反，通过你的特质而吸引来的朋友，才最可靠，而那些特质，不是别的，正是你的可爱之处，你的真性情、真才华。

纯正的内心品质是一种软实力

如果说长得漂亮、有颜值是人的硬实力，那么纯正的内心品质便

是人的软实力。另外，以柔克刚，往往软实力比硬实力更重要。

在小说《水浒传》里，虽说黑旋风李逵拥有天煞星的暴戾属性，加上外表黑脸大胡须，看上去确实不怎么和善，但对比其他107将，他是当之无愧的最可爱的人，他的可爱之处就在于他的那份单纯与耿直。

明代大儒李贽就这样点评过他："宋公明接爹，有道学气味；公孙胜望娘，一团奸诈；李逵接娘，'只要是娘快乐，再无第二个念头'。"

可爱的人，往往念头单纯，说一不二，不做作，因此跟这类人相处的最大优点就是：你不必时刻都带着警惕心。

真正的可爱，不是装出来的

凭借《色，戒》走红的汤唯，被称为浮躁明星的学习典范。但向来低调的她并未因此被粉丝淡忘，反而成了这个娱乐圈的一股清流而备受好评。

曾有一次汤唯的经纪团队为了将她营造出一种"清新白莲花气质女"的文艺形象，将宣传稿里汤唯爱吃的"回锅肉"改为了"香菇菜心"，按常人看法，这倒不算一回事，但为了追求清新文艺的美感，"回锅肉"确实与文艺女神这个称号稍有不搭。但就如此的一个过度包装，引起了微博舆论的轩然大波，一致声讨汤唯做作虚伪。

事后，汤唯在各种风口浪尖中并未惊慌失措，反而淡然处之，她大方地向媒体公开道歉，还谈起了和苏有朋等人一起在北京小菜馆吃榨菜的经历，于是此事便渐渐平息了下去。

作为公众形象，为人不做作、不伪装实属难得，这也正是她能受到众人喜欢的原因之一，毕竟，真正的可爱不是装出来的。

没有可爱之处，就没有人爱你

有人评价作家三毛说：她并不算优雅的女人，但她值得被爱。

她脾气暴烈，曾在国外读书时与舍友打架，甚至当着校领导的面也不肯退让半步，她的性情如此，就像看着深爱着的荷西被坏老板扣工资，她也可以不顾形象地与这些人撕破脸皮。

当年的“三毛热”，正是让大家从她的字里行间看到了一种深情与可爱，那骨子里的性子，真实得让人无法抗拒。暴烈而又温婉，这些都是她的可爱之处，但没有这些，她的作品便不可能如此风靡。

你若盛开，蝴蝶自来

《淮南子》曰：“率性而行谓之道，得其天性谓之德。”

一个真实的人，做事处处可见其真性情。周国平说：“所谓真性情，一面是对个性和内在精神价值的看重，另一面是对外在功利的看轻。”如上文所述的李逵与汤唯，各有其笃定的价值观，没有世俗，这是极其难得的特质。

有句话说：“你若盛开，蝴蝶自来。”你最芬芳的品质，是你那颗善良的初心。与此同时，你最应该保持的一个习惯，便是让这份真实陪你走完整个人生，慢慢地，你会遇见更多感于你的真诚而愿意与你同行的伙伴。

有了这一切，人生才算圆满。

穷的危害有多大?

有句话叫:“少年得志大不幸,千金难买少年穷。”

其实,钱财带来的好处有多少,贫困造成的灾难就有多少。

——国馆君按

古有言:“天将降大任于斯人也,必先苦其心志,劳其筋骨,饿其体肤,空乏其身……”人们常用这样的句子,强调贫穷是可贵的磨炼,是一笔财富。既然如此,为何世人都不愿意贫穷,国家都要发展经济呢?

因为,贫穷带来的,更多是危害。

物质缺失:没有选择权

富人有选择权,而穷人常常只能被迫接受。

物质缺失是贫穷的最直观体现。富人选择食物口味,穷人挑剔就要挨饿;富人生病,命比钱重要,穷人生病,根本没钱看病;富人讲究穿戴美观舒适,穷人连体面的衣服都没有……

贫困大学生,往往承受着比一般大学生更大的压力。为了缓解经济压力，打工的同时要拼命学习，以期得到较高的奖学金。而走出社会后，试错的成本也更高。他们很难完成更大的事业，例如创业。富人的儿子创业，失败了可以轻松再来；穷人创业，一旦失败，可能再也站不起来。

贫穷时，物质的限制直接决定了，穷人输不起。

思维限制：留着，以后用得着

一项科学研究总结：贫穷会导致认知和判断力下降。

一个读大学的姑娘，因为穷，为了省钱，看到便宜和打折的商品就买了很多；然而力气小拎不动，学校又有点远，最后打车回去。结果省的钱还不够打车费。总想省钱，却越省越穷。

当手上有了闲钱，富人想着投资。但投资有风险，穷的人大多选择存起来。结果富人的钱，总是涨得比穷人更快，贫富差距越拉越大。

贫穷导致的思维，使人们跳不出贫穷的怪圈。即便经济好了起来，过的还是穷日子。

精神伤害：内在的匮乏感

长期的贫穷，甚至使有的人终其一生都过分关注和追求金钱，价值观发生扭曲。

矿工们为了钱，竟不介意在毫无保护措施的煤矿中工作。在他们眼里，发生意外后赔偿得到的20万，是一笔可以用性命相抵的巨款。

这样的新闻层出不穷，屡见不鲜。

穷人往往在有钱之后，也难以摆脱内在金钱的匮乏感。许多老一辈的人都经历过贫困的年代，养成把废弃的物品囤在家里的习惯，想着有一天能用起来。他们的口头禅是：留着，以后用得着。

这是贫穷导致的最可怕的结果，是精神和心理的伤害，足以使之做一辈子心理上的穷人。

改变贫穷的境遇

但归根到底，贫穷只是一种境遇。冯骥才说：“风可以吹起一张白纸，却无法吹走一只蝴蝶，因为生命的力量在于不顺从。”人处在贫穷的境遇中，可以凭借自己的力量不被境遇改变，从而改变境遇。

改变的第一步，应该是正视和接受贫穷。了解贫穷的危害，才不至于在贫穷的圈子里打转，走不出来。

其次，我们必须认识到，走出来的过程很辛苦。追求同一件事物，你所付出的努力也许是别人的十倍、百倍，然而这就是改变的代价和意义。走出贫穷，不仅能过上更好的生活，也会成为全然不同的、更加有力的自己。

日本文学家斋藤绿雨说：“夸耀贫穷比夸富裕更卑鄙。”我们不感激贫穷，但感激每一个勇敢突破的自己；我们不赞美贫穷，赞美的是每一个不甘贫穷、努力改变的人。

娱乐至死：
我们将毁于我们所热爱的东西

尼尔·波兹曼在《娱乐至死》中说：

“这是一个娱乐的时代，一切公众话语都日渐以娱乐的方式出现，并成为一种文化精神。”

——国馆君按

穿越小说、仙幻小说成为文学最受欢迎的常态，戏说帝王、水煮历史成为历史写作的新宠，科学成为笑话，娱乐节目成为主流……当网络介入我们生活的各个角落，我们娱乐着别人，也消费着自己。

难怪学术界说，我们已经进入泛娱乐化时代。

泛娱乐时代，是否真的快乐已不重要

泛娱乐化时代，什么都可以恶搞，什么都敢娱乐，什么都可以拿来娱乐。

工作累了回到家，我们打开网络关注“人大研究生雷洋是否真的嫖娼”，看一集《暴走漫画》哈哈大笑，再去微博看一下王思聪又跟哪个网红闹绯闻、韩国“欧巴”为什么还不来中国。一阵欢笑一阵怒地敲键盘之后，时间不早了，随便洗个澡，上床睡觉。

娱乐已不是快乐的形式，而是快乐的目的。我们为娱而娱，为笑而笑。笑完心里是否真的快乐，媒体不在乎，我们，仿佛也不在乎。

一半开放，一半禁闭：我们是四方池塘里的鱼

湖南台的《快乐大本营》《我是歌手》《爸爸去哪儿》，浙江卫视的《奔跑吧，兄弟》《中国好声音》，江苏卫视的《非诚勿扰》，爱奇艺的《奇葩说》，腾讯新闻，新浪微博的热搜……

当娱乐加上“互联网+”思维，信息从各个方向涌来。只要有一台电脑，一根网线，轻轻按下开机键，我们似乎就有无限选择的可能。

但是，我们也时时感到选择的不可能。

我们为《中国好声音》的民主和梦想欢呼雀跃时，却发现观众各种表情包，歌手过分包装，那英的学生好像固定不变会得第一名。我们有事都找度娘，却发现“魏则西之死”背后的“竞价排名”。

失望与不信任感在笑声中浮现，所有的媒体呈现都经过主办方有意识的剪辑。

就像《楚门的世界》里楚门30多年都生活在克里斯多夫安排的虚假世界里一样，我们能看到的娱乐节目也是利益和权力妥协的结果。

一半开放，一半禁闭。媒体提供泛滥的信息，我们是拥有有限知情权的鱼。

看到什么，决定权不在我们手上。

我们不是毁于仇恨，恰恰是毁于我们所热爱的东西

逸豫可以亡身。比有限知情权更可怕的是，在泛娱乐化时代，我们耽于娱乐却不自知。

唐玄宗刚登基时，时时有皇位不保的危险，因此时时小心警惕。但开元盛世后，他认为天下太平，便纵情娱乐。他玩音乐，梨园弟子白发新；他宠杨贵妃，春从春游夜专夜；他爱舞马，军营战马尽为戏。

直到渔阳鼙鼓惊破羽衣曲，他才惊觉大唐盛世已在他的娱乐中一去不返。

正如波兹曼在《娱乐至死》中所说：“毁掉我们的不是我们所憎恨的东西，而恰恰是我们所热爱的东西。”

我们一般不会去吸毒，因为我们知道吸毒会伤害我们的身体。可是，我们不会警惕娱乐，哪怕娱乐消费着我们的精神，一步步拉着我们往低俗走去。

狂欢是一群人的孤单，我们在城市里隐姓埋名

我们并不傻。我们也知道很多娱乐内容很低俗，经不起认真推敲。我们也知道在网上做一个键盘侠，只是在发泄我们的愤怒。明天事情翻篇儿，我们又要继续上班。

看了很多理论，知道媒体的不真实和娱乐后莫名的空虚。可是，我们还是忍不住打开电视。

因为在这个陌生的城市里，我，只是小小的一个人。下班路上来来往往那么多人，但是不会有哪一个人与我们同路，和我们一起回家。

城市的道路四通八达，可是深夜加班后满身疲惫，网络上的娱乐是最省力的放松方式。

阿桑在《叶子》里用沙哑的嗓音轻轻唱道："孤单，是一个人的狂欢；狂欢，是一群人的孤单。"

娱乐至死的时代，写着我们共同的寂寞与哀愁。

若本无所依止，末亦无所依止

适当的娱乐让我们放松身心，无可厚非。但"生于忧患，死于安乐"，我们也应该对娱乐保持警惕。因其所乐，不为其所愚。

更重要的是，我们要警惕自己心灵的空虚，精神的荒废。

《大智度论》有一句话说："若本无所依止，末亦无所依止。"如果我们心灵无所依傍，精神亦无所依止。

找到更健康的娱乐方式，读书也好，品茶也好，让心灵有所依止。

愿我们的心灵都有所依，在这泛娱乐化的时代，慎独精进，翩翩起舞。

我有没有
欠你五块钱？

直言不讳，君子有所恃，小人有所畏。

——国馆君按

某个同事得罪你了，但你忍着不说，心里却抱怨着，从此跟这个同事疏远了。朋友做错了，你不满，但你也忍着不说，心里留下个疙瘩……

生活中这种事屡见不鲜。

你忍气吞声或许是为了不与朋友、同事起冲突，影响你们的关系。但你有没有发现，这么做你们之间的关系反而更差了？

也许你很委屈："他们得罪我，我已经忍着不说了，难道还做错了吗？"

还真的错了。

你的委曲求不了全

心理学上有一种说法：人都有保持心理平衡的需要，一种交往如果不能维持双方的心理平衡，势必会造成关系的破裂。

曾国藩对左宗棠有知遇之恩。左宗棠非常有才华，也曾给曾国藩提过很多有用的建议。但他自恃才高，目空无物，与曾国藩说话毫无顾忌，常常和曾国藩发生冲突。

曾国藩一开始还能默默包容左宗棠，不加理会。但后来实在忍无可忍，两人彻底决裂。

除非毫无怨言，否则我们在沉默隐忍的时候，早已在彼此的关系中埋下了一根利刺。一边忍耐，一边心存抱怨，心里留下的那根刺始终影响彼此的情谊。这种委曲是求不了全的。

委曲求全不过是一厢情愿，不如有话直说

我们总以为与人相处，有话直说会得罪人，其实也未必。

清朝时，汪琬与叶燮同为文坛名士，却有不同的学术观点。对此，两人互不忍让，指责对方的错误，大打笔仗。但后来汪琬身死，叶燮却沉痛地叹道："吾少一诤友矣！"

嵇康写《与山巨源绝交书》，直接严厉地谴责了好友山涛，拒绝到朝廷为官。而山涛对此却并不放在心上，依然与嵇康保持密切往来。

古人说："直言不讳，君子有所恃，小人有所畏。"大大赞赏了这种说话坦率不避讳的行为。

在交往中，互有嫌隙是不可避免的，但这并不可怕，可怕的是违心地忍耐。

嫌隙积累到一定程度，必如火山般爆发，倒不如直言不讳。说出不满，心里宣泄了，也给了对方一个回应的机会。其实，所谓委曲求

全也不过是我们的一厢情愿，没有表达自己的感受，对方又怎么能知道、怎么能回应？

直话应该怎么说？

当然，不是每个人都是叶燮、山涛，对他人的直言不讳不加怪罪。直言不讳也讲求技巧。

学会微笑。三毛说："我笑，便面如春花，定是能感动人的，任他是谁。"微笑是世界通用的语言，表达不满时若能面带微笑，对方便能感受到你的友善，可以消除不少敌意。

诚恳。以诚待诚，以心换心。有话直说并不是单纯地发泄情绪，而是为了让对方对我们的不满有积极回应。言辞恳切，才能让对方认同你。

引导对方换位思考。要使别人理解你的不满，最好的办法就是让他感同身受。

孔子说："可与言而不与之言，失人；不可与言而与之言，失言。"

其实直言不讳到底还是要看人下菜碟，有些人确实心胸狭隘，说不得直话。

但多数时候我们还是要记得：坦诚，是人际交往的第一要则。

所以，你对我有什么不满吗？请告诉我。

这个世界上
根本没有人能真正懂你

“同理心”是这个世界上最大的谎言。

许多事情，如果不是亲身经历，你根本无法感同身受。

——国馆君按

2016年5月22日，腾讯网一个题为《10年蜗居卫生间，妈妈打4份工撑起一个家，儿子成北大研究生》的新闻引起众多网友对该儿子的强烈指责。将心比心，如果是你，你会怎么做？这里想讨论的话题是：同理心。

许多人无法理解，为什么儿子大学毕业不去找工作，早点赚钱奉养含辛茹苦的母亲，居然考研考了3年就为了读北大金融系的研究生。有些人表示不屑，一家四口十几年蜗居在不到10平方米的卫生间，这种幸福有什么好羡慕的。

我们的生活每天充满了因不懂彼此引起的偏见和争执。轻松找到工作的人不明白为什么有人每天跑招聘会还找不到工作，从小自立自强的女汉子无法理解为什么有些女生要整天向男朋友撒娇装可怜，从童年就有保险的人质疑患癌症求助的人为什么不买健康险。

“同理心”是这个世界上最大的谎言。

许多事情，如果不是亲身经历，你根本无法感同身受。

你没有穷过，你不懂他为什么那么努力还是贫穷

沈从文笔下的湘西世界宁静幽美得让人遗憾，唯独《丈夫》里吊脚楼上的故事让人无比心酸和震撼。

生活衣食充足的我们很难想象，怎么会有这样的真实故事？为了生计，农村的丈夫愿意把年轻的妻子送到城里河边的吊脚楼上当妓女；为了不得罪恩客，偶尔去探望妻子的丈夫会很“自动”地躲到船舱后边，听前头妻子与陌生男子在床上低低地喘气，自己面对着茫茫的河面，默默地抽烟。再在受尽委屈又心疼妻子的复杂情绪中，低头接过妻子手中的钱，抹着泪回家。

西晋饥荒时晋惠帝问，何不食肉糜？晋惠帝一片善心，想帮穷人度过饥荒。可是他的生活多的是肉，想象不出啃草根的人过的是什么日子。

我们如果不是真的穷过、真的被生活逼过，也无法理解钱这么“好赚”的今天，为什么有人还能那么穷，还天天在太阳底下做着“没价值”“不起眼”的工作，心甘情愿。

穷人比任何富人都思变，比任何人都努力在为生存想法子。只是他们摸不到把资本变成财富的途径，越努力越绝望，越绝望越努力挣扎。

如果不是面临过穷到窒息的绝境，你不会理解有些人为了生存曾苦苦挣扎。

你没有富有过，你不懂富豪为什么不节俭

“国民老公”王思聪开始做一个“低调的网红小王”、骂明星、爆粗口的时候，许多善良的网友不明白，为什么那么有钱不好好待着，非要出来“坑爹”？

很多人嗤之以鼻，舞台上的明星光鲜靓丽，那么漂亮、那么有钱，能有什么压力逼得自己去抽大麻、吸鸦片？

马云那么有爱心、那么有钱，为什么不把家产的80%捐给灾区人民？

如果没有富人的思维，你自然不会相信，王思聪那纨绔的表象只是为了创造价值千万的人肉广告牌。知道没钱苦的人不知道有钱的悲哀。你世界里的慈善是捐钱和节俭，马云世界里的慈善却是创造更多的财富造福人间。

《红楼梦》里的刘姥姥总觉得，富贵人家，瘦死的骆驼比马大，总要比穷人日子过得容易些。王熙凤无奈地说：“外面看着虽烈烈轰轰，不知大有大的难处，说给人也未必信。”

白天不懂夜的黑，正如穷人无法懂富人的伤悲。富贵人家自有富贵人家的思维和活法。你没那么富有过，永远不会懂。

这个世界上根本没有人能真正懂你

尼采在《查拉图斯特拉如是说》中说：“我们飞得越高，我们在那些不能飞的人眼中的形象就越渺小。”

一个人的时候多么孤独，我们总希望有人能知我知心，但没人走

过你的来路，这个世界没有人能真正懂你。你也没吃过他人一路走来吃的苦，你也不可能真正懂他人的世界。

夏虫不可语于冰，井蛙不可语于海，因为他们本来就是两个世界的人。

这个世界看起来自由，其实处处有成长的壁垒。过去的经验是现在的壁垒，不同的阶层是不同的壁垒。它们凝聚成我们处处矛盾的思维。

因此面对误解，要学会承认自己的不懂。对于你不懂的人，别急着责骂，先学着宽容；对于不懂自己的人，别急着辩解，先学着原谅。我们不懂彼此，但可以试着宽容。

逆推：花香的出处

《奇葩说》的史航在《假如我开一家戏剧学院》的演讲中说，要理解一个人、一段故事、一座城，我们要学会“逆推”的方法，寻找“花香的出处”。

闻到花香，便一路寻访踪迹去看花香的来路。看到不懂的人和事，不急着用自己的经验下判断，先想想他如何一路跋涉来到你面前，做着这件以你的经验无法理解的事情。

弗洛姆在《爱的艺术》中说：“对一件事了解得越深，爱的程度也越深。”只有我们承认自己不懂，放下自己的经验，去寻找其他花香的出处，加深对他人的理解，我们才能见证他人的生命，然后学会懂得和慈悲。

你应该警惕自己是否在做无用功

人在受挫时，与其抱怨，不如好好审视自己，是否在做无用功？

是的话，又该如何改进？

——国馆君按

老子的《道德经》里有这样一句话："前识者，道之华，而愚之始。"即使学术各界对这句话的解释众说纷纭，但有这样一种说法，颇能引起人的深思。

一位有识之士自认为是聪明能干，其实他所掌握的只是浮华的外表，而这也是他最愚昧的表现。那么，人到底该如何去判定做一件有价值的事呢？

"前识者"们通常喜爱将时间与精力花费在一些可以用于炫耀但无实意的事物上。《韩非子》记载过这样一个令人啼笑皆非的故事：

有一个普通人没什么本事，也许是为了寻求存在感，便自练了法术与占卜，最后还拥有了可以洞穿一切事物的能力。世人一时皆视其为神奇的术士。

某天，他正在屋内与弟子讲经授道，屋外传来了牛叫声。一个弟子听后立即断言：屋外的牛为黑牛，牛脚是白色的。而老师则说：确实为黑牛，但牛头上的角才是白色的。师生各执己见，便让一位书童出外探查谁对谁错。结果是一头黑牛，牛角绑着几圈白布。

其实，欲知谁对谁错，出去一看便可知晓，何必大费脑筋去练这种功夫呢？前识者的特性大概就是如此，你所苦苦追求的，到底有何实际价值，又能改变什么呢？实乃愚之始。

也许你会迷茫到底如何判定你做的事不是“道之华”，其实，迷茫是正常的，且这迷茫也并不局限于年轻人，即使过了四十不惑的年纪，在这世事变幻莫测的时代里，也都有可能迷失在路中。毕竟随着网络科技力量的巨变，整个社会经济都处在转型阶段，无论是失业潮还是倒闭潮，都伴有无数茫然的脸。

曾有这么一个段子说：今天去接我大哥出狱，我大哥当初因走私罪被抓，在里面死活不肯透露最后一批货藏在哪里，被从重判了二十年。今天终于出来了。

出狱之后，大哥一言不发地让我开车到郊区，仔细辨认了一天，找到了当初埋货的地方，我俩挖了半天挖出了一个大箱子，大哥看着大箱子，都开始颤抖了，紧紧地抓着我的手说：“这批货一出手我们就有钱了，这几年的苦也没白受，咱们一起过好日子！”我俩流着幸福的泪水，打开了——满满一箱子BB机！

孙中山先生曾说过：“天下大势，浩浩汤汤，顺之者昌，逆之者亡。”人唯有拥有前瞻性，才能在社会的潮流中立足而不被时代所淘汰。

“是以大丈夫处其厚，不居其薄；处其实，不居其华，故去彼取此。”老子告诫世人，要存心实在而不陷于浮华。那些经过深思熟虑的行动，就要以实心实干的姿态去完成，而非只将其停留在表面。

此外，人生必会不断面对取舍问题，当你所做的这件事出现问题时，心中难免会有到底该不该做下去的犹豫。此时最有效的解决方式就是通过他人的众口之舌来判定，自己的眼睛可以看到万物，却不能看到它自己，人往往容易在瓶颈处陷入自己的狭隘之中而无法自拔。

唯有选择客观地分析自身，听取多方意见，取众人之智，才不失为最准确的决策，而大业也多能有成。

不做无用功而具有前瞻性地去选择自己的事业，是在社会中立足的重要举措，而自己的实干心态和愿意听取他人建议的姿态则是事业运行的最高保障。

你所谓的圈子，不过是你的圈套

圈子，在古代是官员安身立命的本钱，在如今，是我们口中的人脉银行，但圈子真的如此重要吗？

——国馆君按

我们都听过这样一句话：你的圈子对了，你的人生就对了。

有心人还加以总结，普通人的圈子，谈的是闲事，赚的是工资，想的是明天；生意人的圈子，谈的是项目，赚的是利润，想的是明年；事业人的圈子，谈的是机会，赚的是财富，想的是未来……

确实，和谁在一起很重要，但却应该和自己真心喜欢的人在一起，而不是硬生生地往所谓的“更高”的圈子里凑。

如果你我圈子本来不同，又何必要强融呢？

不要把社交看得太廉价

张爱玲的《色，戒》许多人都看过，这可以说是一个关于圈子的故事。

王佳芝为了色诱汉奸易先生而混入他们的圈子。和太太们一起打麻将的时候，她们手上的钻戒闪亮，谈论着哪家的珠宝好，她戴着一只翡翠戒指，在一旁尴尬得插不上话。

她本不是专业的间谍，只是一时兴起，结果反而有点后悔。她的格格不入让她倍感寂寞，也因为这份寂寞，她误以为易先生对她有真情，放跑了他，结果自己送了命。

我们总是有种种理由，或是寂寞，或是好玩，而想要融入某些圈子，但这样往往适得其反。不合适的人，只会让你更寂寞，把社交看得太廉价，你也一样得不到别人的重视。

可怜王佳芝，恐怕到死，都没搞清楚那个圈子的游戏规则。

刻意和迎合，始终是会露出马脚的

中国人有个说法叫“混圈”，顾名思义，去各个圈子里插科打诨，就以为自己交友遍天下。

商人们读商学院，富人们打高尔夫……往往醉翁之意不在酒，而在圈子。曾听说有个中国人在美国如法炮制，他在富商集中的地区买别墅，去和他们打高尔夫，结果他们的俱乐部成员最终投票拒绝了他的加入。

讨好和献媚终究是会露出马脚的，而刻意和迎合难免让人生厌。

《伊索寓言》里有一则蝙蝠的故事：它遇见鸟装作是鸟，遇见兽装作是兽，结果被两边所排挤。钱锺书戏说这个故事：蝙蝠应当遇见鸟装作是兽，表示脚踏实地；遇见兽装作是鸟，表示高超出世。

和自己价值观完全不一致的人混在一起有必要吗？你做真实的自己，或许他们反而欣赏你的不同。

真正的圈子，以生命的本色相交

贾平凹说，朋友是磁石吸来的铁片儿、钉子、螺丝帽和小别针。

你是块什么样的磁石，自然会吸来什么样的人，磁力弱的，甩一甩就掉了，彼此相忘于江湖；磁力强的，自然紧密相连，牢不可破。圈子就这样形成了。

孔子说君子“周而不比”，周和比的区别，在用心不同。真正的圈子，以生命的本色相交，以彼此的气场融合。即使未来因为际遇不同，渐渐疏远，也依然有一份情与义。

互相维护、互相吹捧、互相利用的，是小人，他们以成见、私利、资源相交。强盛如《红楼梦》里的贾、史、王、薛四大家族，一旦大难来临，也是“树倒猢狲散”。

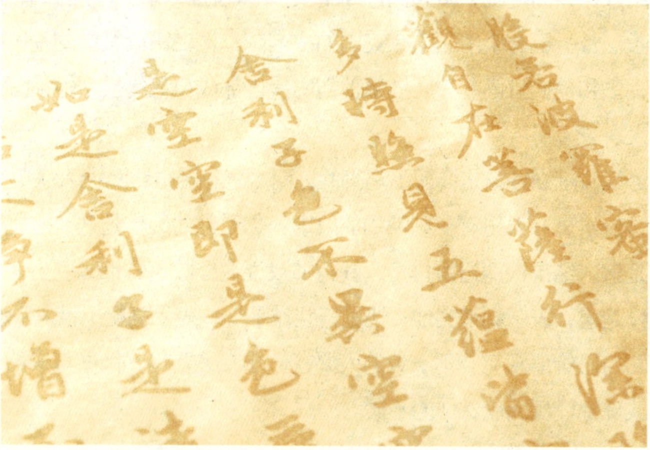

如果不能彼此欣赏，不如变得更加强大

圈子不同，不必强融。我们没有必要刻意地讨好对方，更没有必要硬要融入别人的圈子。

更何况，与其把时间浪费在不合适的人身上，不如把时间花在自己身上。等你自己变得足够强大、足够好，你会发现，你已经超越了它。

曾经不被主流音乐圈认可的周杰伦，后来用才华引领了潮流，那些拒唱过他曲子的歌手，都要在专辑里加一点中国风。

曾经的周星驰无论多努力，金像奖都不愿意给他一座奖杯，后来香港电影颓势时他力挽狂澜，他们一次给了他四座。

他们没有在不被主流圈子认可的时候选择妥协，他们也曾希望被接纳、被认可，但既然不能彼此欣赏，那就只有变得更加强大。

他们做到了，因为他们明白：存在感从来不是别人给的。

此处不留人，没有留人处

天下哪有什么巧妙招数，其实都是大巧若拙。

——国馆君按

有一则寓言说，一头驴想吃草，看见两边草地的草都很好，于是来回跑，结果饿死了。

看到这样的故事，大多数人的第一感觉是，这头驴太蠢了，现实中怎么会有这样的事呢？然而事实上，在两个选择中摇摆不定，最后一事无成的人，还少吗？

有人说，人生就是由选择组成的，每一个选择成就了每一个人生。然而，不是每个人都能安于自己的选择。

大学毕业后，读研的羡慕工作的有经验，工作的后悔当年没有读研深造；工作后，每天奔波加班的羡慕事少的清闲自在，事少的羡慕加班的有激情和成长；无论工作几年，留在大城市打拼实现梦想、还是回小城镇过悠闲日子，几乎是长住心里争论不休的两个小人……

人们常常这样，过着自己的日子，垂涎着别人的生活。无论自己过得如何，总是习惯性想象和羡慕朋友圈里别人晒的幸福。

一有不顺意，他们就归咎于当初选择错了，然后潇洒地挥挥手，心想："反正不会比现在更糟了吧？"

在职场中，这种问题是最凸显的。最典型的是我的一个朋友，进入职场5年了，没有在一家企业工作满两年。他说："原本以为，换个环境会改善，谁知道又有新的问题出现。"跳槽也许能解决上家的问题，但新公司又怎会完美？于是不停地有新问题出现、不停地换环境，别人工作五年已小有成就，而他还在最基础的岗位。

许多人遇到问题时，首要的做法不是沟通和协商，而是把所有的不满埋在心底，等待一个机会换环境。然而无论在哪里，最后总是过得不如意；而自己，似乎也从来没有真正享受过任何一个选择带来的幸福。

有位老妈妈生养了两个女儿，大女儿嫁给了一个卖伞的生意人，二女儿在染坊工作。这位母亲天天忧愁，天晴了，她担心大女儿的伞卖不出去；天阴了，她又忧伤二女儿染坊里的衣服晾不干。晴天也忧阴天也忧，不多久就白了头。

现实中，人们就像这位老妈妈，更容易看到悲观的一面，越过越不开心。其实事情还可以怎么看待呢？

一天，远方亲友来看这位老妈妈，惊讶于她的衰老，问其缘由，不禁好笑。那亲友说："阴天你大女儿的伞好卖，你该高兴才是；晴天二女儿染坊生意好，也该高兴。天天是好日子，干吗不拣高兴专拾忧愁呢？"老妈妈想："言之有理！"从此笑口常开。

事情常常有两面性，学会换个角度看事情，原有的问题就没那么差劲了。

同理，在生活中，逆境中寻找顺境才是正道，换个角度，换种心态，学会“既来之则安之”。只有这样，才能活在当下，不轻易为外物所影响。

否则无论换多少个地方，最后都会发现：此处不留人，没有留人处。

这种人情，我不帮

学会拒绝的人，才有自己的时间和自由。

——国馆君按

生活里总是有很多需要帮忙的人。

半夜打麻将的朋友要凑局，做不完工作的同事要帮忙，有过一面之缘的陌生人请写推荐信，昨天朋友聚会上认识的新朋友求帮忙搬家，朋友的女朋友半夜找你谈心……

需要帮忙的人实在太多了。都帮吧，不是力所能及的范围。不帮吧，抹不开面子。于是半推半就。事情办好了，自己千辛万苦，累得够呛。事情没办好，别人不感激，自己的生活还一团糟。

于是，我们慢慢发现，不善于拒绝别人的人，活得很累。

人力有限，帮忙应该量力而行

虽然助人为乐是美德，但毕竟每个人时间精力有限。如果不量力而行，一味顾及人情，自己就成了打肿脸的胖子，往往还没成为救人于水火的天使，就已成为无法保全生活的恶人。

大唐开元年间，吴保安为救被囚番邦的郭仲翔，离家千里，抛家十年，倾家荡产。自己身穿破衣，口吃粗粝，虽一钱一粟，不敢妄费。家中妻子幼儿，饱受冻馁，孤妻弱子，生无以继，差点自杀。要不是过往的官人出手相助，母子二人恐怕早已成为孤魂野鬼。

吴保安弃家赎友虽是出于仁义，得了道义的美名，但似这般抛家弃子，自己十年如乞丐的生活，他可以忍，为什么要拖累妻儿，最后差点连命都搭上？

为了顾全人情而帮忙，不自量力，往往还没帮到别人，自己的生活就早已凌乱不堪。顾得了别人，顾不了家人，亦不能称为善。

人心不足，有些忙我们可以说不

有些人帮忙也不是出于情面，只是觉得自己确实有能力帮，举手之劳，帮帮无妨。殊不知，人心不足。升米恩，斗米怨。如果不懂适时拒绝，没有恩将怨结，也有树倒猢狲散、受尽冷眼的一天。

《儒林外史》里的杜少卿对谁都慷慨，久而久之，周围人什么事都找他要钱。和尚、道士、工匠、花子……他也什么人都不分辨。当他最终散尽家财、天天拿个铜盆子像乞丐一样去吃酒的时候，他帮过的人却没一人前来探望。

金山填不满无底洞。这种不分对象、不论是非、不懂拒绝的帮法，除了耗尽自己，销蚀生命，还有什么意义呢？

拒绝的结果其实没有你想的那么可怕

我们总觉得拒绝会伤颜面、伤人情。但其实，拒绝的结果并没有你想的那么可怕。

李白会友困觉时，笑道“我醉欲眠卿且去，明朝有意抱琴来”，朋友含笑而去。李叔同在青岛闭门讲学期间，青岛市长沈鸿烈三请不赴宴，最后送书相告：“为僧只合居山谷，国士筵中甚不宜。”市长会意，亦不见怒。

止其当止，为自己留白。

苏东坡说：“所可知者，常行其所当行，常止于其不可不止。”帮忙也是这样，在应该拒绝的时候拒绝，在可以停止的时候停止，止其当止，是智慧。

雪中送炭是温暖，一直送米易交恶。分清什么忙需要帮，什么忙是贪婪，该帮则帮，不当帮则止。不要害怕拒绝伤人情，没颜面。会因你合理的拒绝远离的朋友当离则离，不因拒绝而盛怒的人可以为友。

更重要的是，如爱因斯坦说，真正的自由，是从拒绝开始的。不要因为不敢拒绝、瞎帮乱帮而把自己的生活弄得一团糟。

止其当止，为自己留时间，给自己留自由。不怕拒绝别人的人情，才有自己的人生。

好的爱情不是互相差评，而是彼此成全

有多少人说着“我爱你”，在对方的眼里却成了“我碍你”？与其试图“以爱之名”改变对方，不如改变自己。

如此方能相互滋养，一起成长为更好的人。

——国馆君按

曾看过这样一个故事：

南方姑娘与北方大汉成了家，姑娘口味清淡，大汉无辣不欢。为此，两人常有分歧。

一天，姑娘回娘家吃饭。父亲做的菜咸了些，母亲一声不响地倒了一碗热水，夹了一筷子菜，将菜在清水里荡一下后再入口。忽然，姑娘从母亲细微的动作里领悟到了什么。

之后姑娘做了大汉爱吃的菜，每一道菜里都放辣椒。只是，她的面前多了一碗清水。大汉看着她津津有味地吃着从清水里荡过的菜，眼睛湿润了。

后来大汉也争着做菜，但是菜里面已经找不到辣椒。只是，他的面前多了一碟辣酱。菜在辣酱里蘸一下，他同样吃得津津有味。从此，他们幸福地生活着。

故事中的年轻夫妻是幸运的，虽然起初各自都在试图改变对方，导致矛盾重重，但后来彼此转变观念，改变自己，互相的谦让和体

谅，终于使他们找到了幸福生活的密码。

但生活中还有很多恋人、夫妻未能有如此的幸运。很多时候不是不爱，而是方式出了问题却不自知。

生活中过于自我，时有分歧的不少见。而在个人的事业与成长中，打着“以爱之名为你好”试图干涉、限制对方发展和空间的也屡见不鲜。

你之蜜糖，我之砒霜。这其实是一种狭隘、自私的“爱”，不过是操纵和控制的代名词。无形中剥夺了对方的意志，带给对方的是约束和限制，而非自由与成长。

最终越爱越累，“我爱你”在对方眼里成了“我碍你”，分道扬镳甚至反目成仇的比比皆是。

以对方喜欢的方式去爱，比以自己喜欢的方式去爱更有意义。

有一句话是：“千辛万苦寻觅出一条路奔向对方，永远不如，对方从心底里铺设一条路，逶迤通向你。”

《浮生六记》中沈复和妻子芸娘相濡以沫的爱情生活，至今仍为后人津津乐道。沈复出身文人世家，却未曾参加科举考试，只因他不喜官场生活。而芸娘深知他的志趣所在，她尊重他的生活方式和想法，跟随他过起了悠闲清贫的生活。后来沈复弃儒从商，她也乐于追随。即便在后来颠沛流离的生活中，芸娘也始终陶然自乐，不失内心的豁达与宁静。

后来芸娘去世，为追忆自己的妻子，沈复还以真挚的笔调写下了关于两人日常相爱的温情文字，至今仍是一段爱情佳话。

好的爱情是相互滋养，共同成长，让彼此成为更好的人。

杨澜曾说过这样一句话：“我觉得，评价一种关系的品质，要看关系中的两个人是否因为在一起而成为更好的自己。美好的关系应该是相互滋养和相互成全的。”

比如民国四公子张伯驹与绝代佳人潘素的爱情。婚后他们并没有沉浸在风花雪月中，而是努力去发现潜藏在对方身上的闪光点，而后携手共同成长。

张伯驹发现了潘素的绘画慧根，为她引荐朱德甫、陶心如等名师画家悉心栽培。潘素亦潜心向学，她习花鸟、擅山水，细密严谨，金碧绯映，最终成为了我国著名的青绿山水画家。

张伯驹痴迷于古代文物，一生收藏字画名迹无数，潘素深知他的喜好，对此全力支持。有一次张伯驹看上了恭亲王府的稀世珍品《平复帖》，但价格不菲，而潘素为了支持他，变卖了心爱的首饰，不惜以重金买下。

即便处在人生的逆境，他们依然其乐融融，“素心花对素心人”。他们相互滋养对方的生命，一生相偕到老。亦如张伯驹写给潘素的《鹊桥仙》那样：“一生成全，换来一生懂得与珍惜。”

徐正润曾写过关于爱情的诗：“爱情，并非是让你折下对方的羽翼，让对方永世守在你身旁。爱情，是叫你在怀中搭建一个温暖的港湾，让对方疲惫的翅膀能够在你怀中得到休息，从而获得飞向更远地方的力量！”

爱情是相互的行为，好的爱情需要彼此用心付出与成全，方能比翼齐飞，直到地老天荒。正如曹植在《送应氏诗》所云：“愿为比翼鸟，施翮起高翔。”

愿你拥有一人心，彼此温柔相待，在一世流年中，慢慢磨出想要的人生滋味来。

图书在版编目（CIP）数据

快乐的人，都有温润的趣味／国馆著． — 青岛：青岛出版社，2017.1

ISBN 978-7-5552-4747-0

Ⅰ．①快…　Ⅱ．①国…　Ⅲ．①散文集－中国－当代　Ⅳ．①I267

中国版本图书馆CIP数据核字（2016）第304180号

书　　名　快乐的人，都有温润的趣味

著　　者　国　馆

出版发行　青岛出版社

社　　址　青岛市海尔路182号（266061）

本社网址　http://www.qdpub.com

邮购电话　010-85787680-8015　13335059110

0532-85814750（传真）　0532-68068026

责任编辑　杨　琴

责任校对　耿道川

特约编辑　杨　琴

装帧设计　千　千

照　　排　刘丽霞

印　　刷　北京旭丰源印刷技术有限公司

出版日期　2017年1月第1版　2017年1月第1次印刷

开　　本　32开（880mm×1230mm）

印　　张　9.5

字　　数　150千

书　　号　ISBN 978-7-5552-4747-0

定　　价　59.00元

编校印装质量、盗版监督服务电话　4006532017　0532-68068638